Georges Simenon

Les inconnus dans la maison

Gallimard

Georges Simenon est né à Liège le 13 février 1903. Il commence ses études à l'Institut Saint-André puis entre comme boursier au collège Saint-Louis. Dès l'âge de onze ans, il pense à écrire, mais ne croit pas pouvoir en faire son métier. En 1915, à douze ans, il entre en 5e au collège Saint-Servais. Il y fera la 4e et la 3e. Il signe ses devoirs de français Georges Sim et ses professeurs lui laissent le choix du sujet.

Averti en 1918 par le médecin de famille de l'angine de poitrine qui menace son père, il quitte le collège Saint-Servais, renonce à ses études et commence à travailler. Après des débuts comme commis de librairie, il entre à *La Gazette de Liège* en janvier 1919. Il obtient bientôt de rédiger un billet quotidien et de publier quelques contes. Il écrit même son premier roman, *Au pont des Arches*. En décembre 1922, il arrive à Paris où il est un moment secrétaire de l'écrivain Binet-Valmer. Il se met à écrire des contes pour les journaux : plus de mille en dix ans. Et il commence une carrière littéraire d'une fécondité légendaire. A la demande de Joseph Kessel, il écrit pour *Détective* une série de nouvelles où apparaît pour la première fois le personnage de Maigret. Le commissaire Maigret est officiellement baptisé le 20 février 1930, au cours du « Bal anthropométrique » que donne Georges Simenon, à la Boule blanche, sans savoir que, le 3 septembre 1966 sa statue serait inaugurée à Delfzijl (Pays-Bas).

L'écrivain, changeant souvent de résidence, a voyagé dans le monde entier avant de se fixer en Suisse, dans le canton de Vaud.

PREMIÈRE PARTIE

I

— Allô ! Rogissart?

Le procureur de la République était debout, en
chemise, près du lit d'où émergeait le regard
étonné de sa femme. Il avait froid, surtout aux
pieds, car il s'était levé si soudainement qu'il
n'avait pas trouvé ses pantoufles.

— Qui est à l'appareil?

Il fronça les sourcils, répéta à l'intention de sa
femme :

— Loursat? C'est vous, Hector?

Et sa femme, intriguée, repoussait la couverture, tendait un long bras trop blanc vers le
second écouteur.

— Qu'est-ce que vous dites?

La voix de l'avocat Loursat, lequel était cousin
germain de la femme du procureur, énonçait
calmement :

— Je viens de trouver un inconnu dans la
maison... Dans un lit du second étage... Il
mourait au moment précis où je suis arrivé..
Vous feriez bien de vous en occuper, Gérard... Je
suis très ennuyé... J'ai l'impression qu'il s'agit
d'un crime...

Quand le procureur raccrocha, Laurence Rogissart qui détestait son cousin laissa tomber :

— Il est encore ivre !

*

Ce soir-là, pourtant, tout paraissait en place, et d'autant plus qu'il pleuvait, ce qui augmentait la stagnation des choses. C'était la première pluie froide de la saison; aussi, à part quelques amoureux, le cinéma de la rue d'Allier n'avait-il vu entrer personne. La caissière n'en était que plus furieuse de rester enfermée pour rien dans sa cage de verre où elle gelait à regarder passer les gouttes d'eau devant les globes électriques.

Moulins était le Moulins des premiers jours d'octobre. A l'*Hôtel de Paris,* au *Dauphin,* à l'*Allier,* des voyageurs de commerce mangeaient à la table d'hôte, servis par des filles en robe noire, en bas noirs, en tablier blanc, et de temps en temps une auto passait dans la rue, qui allait on ne savait où, à Nevers ou à Clermont, peut-être à Paris.

Les volets des magasins étaient baissés, les enseignes recevaient l'eau du ciel — l'énorme chapeau rouge de chez Bluchet, le chronomètre géant de chez Tellier, tout à côté de la tête de cheval dorée de la boucherie hippophagique.

Ce qui sifflait derrière les maisons, c'était le train omnibus de Montluçon, avec à peine dix personnes dedans.

A la Préfecture, on donnait un dîner d'une

vingtaine de couverts, ce qu'on appelait le dîner du mois, qui réunissait régulièrement les mêmes invités.

Il était bien rare de voir une fenêtre sans volet, des gens dans de la lumière. Les pas, quand il y en avait dans le dédale des rues vernies de pluie, étaient furtifs, presque honteux.

Au coin d'une rue pour notaires et avoués, la maison des Loursat — les Loursat de Saint-Marc plus exactement — paraissait encore plus assoupie ou plus secrète que les autres avec ses deux ailes, sa cour pavée qu'un haut mur séparait de la rue, et dans cette cour, au milieu d'une vasque vide, un Apollon qui ne crachait plus d'eau par le tube qui lui sortait de la bouche.

Dans la salle à manger du premier étage, Hector Loursat présentait son dos rond à la cheminée, où des boulets brûlaient sur une grille en répandant une fumée jaunâtre.

Il avait des poches sous les yeux, ni plus ni moins que les autres soirs, et cette sorte de liquidité des prunelles qui rendaient son regard vague et inquiétant.

La table était ronde, la nappe blanche. En face de Loursat, sa fille Nicole mangeait avec une application calme et morne.

Ni l'un ni l'autre ne parlait. Loursat mangeait salement, penché sur son assiette comme pour brouter, mastiquait avec bruit, soupirait parfois d'ennui ou de fatigue.

Quand il avait fini d'un plat, il repoussait un peu sa chaise afin de donner de l'aise à son ventre et il attendait.

On sentait si bien qu'il attendait, que c'en devenait un signal auquel Nicole se tournait légèrement vers la bonne debout près du mur.

Alors la bonne ouvrait une trappe, criait dans le vide du monte-plats :

— La suite!

En bas, au plus profond de la cuisine grise, voûtée comme une chapelle, une petite femme maigre et laide qui mangeait sur un bout de table se levait, prenait un plat dans le four, le glissait dans l'appareil élévateur.

Et, toujours, après quelques mètres, l'appareil se calait, un rouage se grippait, il fallait recommencer plusieurs fois la manœuvre jusqu'à ce que par miracle la bonne qui guettait en haut vît arriver les mets attendus.

La cheminée ne tirait pas. La maison était pleine de choses qui ne fonctionnaient pas ou qui fonctionnaient mal. Chacun s'en apercevait. Les coudes sur la table, Loursat émettait un soupir à chaque panne du monte-plats; et quand un coup de vent faisait tourbillonner la fumée au-dessus des boulets, Nicole marquait sa mauvaise humeur en pianotant sur la table.

— Eh bien, Angèle?

— Voilà, mademoiselle.

Nicole buvait du vin blanc de la carafe. Son père se servait à une bouteille de bourgogne qu'il vidait très exactement en l'espace d'un repas.

— Est-ce que Mademoiselle pourra me régler mon compte aussitôt après le dîner?

Loursat écouta, sans toutefois prêter une attention exagérée. Il connaissait à peine la bonne, une grande fille plus vigoureuse que celles dont on avait l'habitude, charpentée, énergique, d'un irrespect tranquille.

— Votre carnet est prêt?

— Je l'ai remis à Fine.

Fine, c'était Joséphine, la naine grimaçante d'en bas qui envoyait les plats à travers le mur.

— C'est bien.

Loursat ne demanda pas à sa fille pourquoi la bonne partait, si c'était elle qui rendait son tablier ou si on la mettait à la porte. Tous les quinze jours il voyait une nouvelle domestique, et cela lui était égal.

Il mangea des châtaignes bouillies et parvint à en mettre plein son veston d'intérieur en velours noir. Cela n'avait pas d'importance, car le veston était crasseux. On entendait l'eau dégouliner dans un tuyau de descente, et sans doute celui-ci, lui aussi, avait-il besoin de réparations.

Loursat, ses châtaignes finies, attendit un moment pour s'assurer qu'il n'y avait plus rien à manger, roula sa serviette en boule et la posa sur la table, car il n'avait jamais voulu s'astreindre à la plier. Il se leva.

Il en était ainsi chaque soir, sans la moindre variante. Il ne regardait pas Nicole. Déjà tourné vers la porte, il grommelait :

— Bonne nuit.

A cette heure, sa démarche était lourde, imprécise. Depuis le matin, Loursat avait eu le temps de boire deux ou trois bouteilles de bourgogne, plutôt trois, toujours du même, qu'il

15

allait chercher à la cave dès son réveil et qu'il maniait avec précaution.

Du dehors, on aurait pu suivre sa trace, aux fines lumières que filtraient les persiennes les unes après les autres et qui aboutissaient enfin au cabinet de travail de l'avocat, la dernière pièce de l'aile droite.

La porte en était matelassée depuis toujours, déjà du temps du père de Loursat qui était avocat aussi, peut-être même du temps de son grand-père qui avait été vingt ans maire de la ville. Il y avait des accrocs dans la percale noire comme dans un vieux billard de campagne.

Dans la cheminée, à la place des chenets ou de la grille à boulets, on avait dû, un jour, pour une raison quelconque, installer provisoirement un petit poêle de fonte et il y était resté avec son bout de tuyau coudé. Il ronflait, ne tardait pas à rougir, et parfois Loursat s'en approchait comme d'un bon chien, lui envoyait de cordiales pelletées de charbon dans la gueule, s'accroupissait pour tisonner.

L'omnibus de Montluçon était parti. Un autre train sifflait par-dessus la ville, mais ce n'était qu'un convoi de marchandises. Un film tremblotait sur l'écran pour quelques personnes dispersées dans la salle, qui sentait le vêtement mouillé. Le préfet conduisait ses invités au fumoir et ouvrait une boîte de cigares.

Rogissart, le procureur, avait profité de ce qu'il n'y avait pas de bridge ce jour-là pour se coucher de bonne heure, et sa femme lisait à côté de lui dans le lit.

Loursat se mouchait, à la façon des vieux et des paysans, en déployant d'abord son mouchoir tout grand, en faisant un bruit de trompette, par trois fois, par cinq fois, repliant ensuite aussi méticuleusement le mouchoir.

Il était seul dans sa tanière surchauffée dont il fermait toujours la porte à clef, par goût, Nicole disait par vice.

Ses cheveux gris étaient naturellement hirsutes et il en accroissait le désordre en y passant les doigts à rebrousse-poil. Sa barbe était vaguement taillée en pointe; ses moustaches se coloraient en jaune brun à la place de la cigarette.

Il y avait des bouts de cigarettes partout, par terre et dans les cendriers, sur le poêle et sur la reliure des livres.

Loursat fumait, s'en allait lourdement prendre la bouteille qui chambrait en l'attendant dans l'angle de la cheminée.

Des autos passaient rue de Paris, plusieurs blocs de maisons plus loin, avec des essuie-glaces en mouvement, de la pluie dans les phares, des visages blafards à l'intérieur.

Loursat ne faisait rien, laissait éteindre sa cigarette, la rallumait, crachait le mégot n'importe où, cependant que sa main attirait un livre et l'ouvrait à n'importe quelle page.

Alors, il lisait un peu, buvait des petites gorgées de vin, ronronnait, croisait et décroisait les jambes. Des livres, il s'en empilait jusqu'au plafond. Et encore dans les corridors, dans la plupart des pièces de la maison, des livres à lui, d'autres qui dataient de son père, de son grand-père.

Sans désir, il se campait devant un rayon, oubliait peut-être qu'il y était, fumait une cigarette entière avant de saisir un ouvrage qu'il portait jusqu'à son bureau comme les jeunes chiens vont cacher des croûtons sous la paille de leur niche...

Cela durait depuis vingt ans, depuis dix-huit exactement, et jamais depuis lors quelqu'un n'avait obtenu qu'il dînât en ville, ni les Rogissart, qui étaient ses cousins et qui donnaient un dîner suivi de bridge chaque vendredi, ni le doyen du barreau qui avait été l'intime de son père, ni son beau-frère Dossin, qui recevait des hommes politiques, ni enfin les préfets successifs, qui, à leurs débuts, ne savaient pas et lui envoyaient un carton.

Il se grattait, s'ébrouait, toussait, se mouchait, crachait. Il avait chaud. Son veston d'intérieur se couvrait de cendres fines. Il lisait dix pages d'un traité de jurisprudence et tout de suite après abordait par le milieu des mémoires du dix-septième siècle.

A mesure que les heures passaient, il devenait plus épais, ses yeux devenaient de plus en plus liquides, ses gestes d'une lenteur presque hiératique.

La chambre à coucher, celle qu'on appelait *la chambre*, c'est-à-dire la pièce où depuis des générations avaient dormi les maîtres de la maison et qu'il avait lui-même occupée avec sa femme, était dans l'autre aile de l'étage. Mais il y avait longtemps qu'il n'y allait plus. Quand la bouteille était vide, quelquefois vers minuit, quelquefois beaucoup plus tard, à une heure ou à trois heures du matin, il se levait et n'oubliait jamais de tourner le commutateur, puis d'entrouvrir la fenêtre par crainte des émanations du poêle.

Il passait dans un cabinet voisin, l'ancien bureau du secrétaire, où il avait monté un lit de fer et, laissant la porte ouverte, il se déshabillait, fumait encore couché jusqu'au moment où il se dégonflait d'un bruyant soupir.

Ce soir-là — c'était le second mercredi du mois, puisque à la Préfecture avait lieu le dîner des habitués — Loursat rechargea le poêle avec une minutie particulière, car grâce au froid du dehors et à la pluie sur les vitres, la chaleur ambiante devenait plus voluptueuse.

Il entendait les gouttes d'eau, parfois un grincement de persienne mal fermée; le vent se levait et de subites bourrasques déferlaient dans les rues. Il entendait aussi, avec la netteté d'un métronome, le tic tac de son chronomètre en or dans la poche de son gilet.

Il avait relu les pages du voyage de Tamerlan qui sentait le vieux papier et dont la reliure s'effritait. Peut-être allait-il se lever pour chercher une autre pâture quand il dressa lentement la tête, étonné, intrigué.

D'habitude, à part les sifflets des trains de marchandises et le passage lointain des autos, aucun bruit ne venait jusqu'à lui, sinon les pas de Joséphine la Naine qui, à dix heures, invariablement, se couchait juste au-dessus du bureau et avait la manie, avant de s'étendre, de parcourir vingt fois sa chambre en tous sens.

Or, Fine était couchée depuis longtemps. C'était un bruit nouveau, tout à fait inaccoutumé qui venait d'atteindre Loursat dans son engourdissement.

Il pensa d'abord au claquement d'un fouet comme il en entendait le matin quand le charretier des poubelles passait dans la rue.

Mais cela ne venait pas de la rue. Ce n'était pas un fouet. La répercussion du bruit était plus profonde et plus longue. A vrai dire, c'était dans la poitrine qu'il avait reçu comme un choc et, l'oreille tendue, son visage exprimait de l'ennui, de la mauvaise humeur, voire un sentiment qui, sans être de l'inquiétude, y ressemblait.

Ce qu'il y avait d'extraordinaire, c'était le silence, *après*. Un silence d'une densité anormale où on croyait sentir vibrer des ondes troubles.

Il ne se leva pas tout de suite. Il emplit son verre et le vida, remit sa cigarette dans sa bouche, se dressa, méfiant, et marcha jusqu'à la porte où il écouta avant d'ouvrir.

Dans le corridor, il tourna le commutateur et les trois lampes poussiéreuses qui dessinaient la perspective du couloir n'éclairèrent que la solitude et le silence.

— Nicole! prononça-t-il à mi-voix.

Il était certain, maintenant, que c'était la détonation d'une arme à feu qu'il avait entendue. Il se disait encore que cela venait peut-être du dehors, mais il n'y croyait pas.

Il ne s'affolait pas. Il marchait lentement, les épaules rondes, comme toujours, avec son balancement d'ours que sa cousine Rogissart l'accusait d'avoir adopté pour impressionner les gens. Et elle en racontait bien d'autres sur son compte !

Il arriva au-dessus de l'escalier de pierre blanche, à rampe de fer, se pencha sur le hall d'en bas qui était vide.

— Nicole !

Si peu fort qu'il parlât, sa voix se répercutait dans la maison.

Il allait peut-être faire demi-tour et s'enfoncer à nouveau dans la chaude paix de son bureau.

Il crut percevoir un pas furtif au-dessus de sa tête, alors que personne n'habitait cette partie du second étage dont les chambres mansardées servaient jadis aux domestiques, quand on avait maître d'hôtel, chauffeur, jardinier et femmes de chambre.

Nicole couchait au bout de l'aile gauche, et son père s'avança dans un couloir semblable à celui qui conduisait chez lui, sauf qu'il manquait une des trois lampes au plafond. Il s'arrêta devant une porte, eut l'impression qu'il sortait de la lumière d'en dessous et que cette lumière s'éteignait tout à coup.

— Nicole..., appela-t-il encore.

Il frappa à la porte. Sa fille demanda :

— Qu'est-ce que c'est ?

Il aurait juré que le son ne venait pas du lit, qui devait se trouver à gauche — du moins y était-il la dernière fois que, par hasard, peut-être deux ans plus tôt, Loursat était entré chez sa fille.

— Ouvrez! dit-il simplement.

— Un instant...

L'instant fut très long et, derrière la porte, quelqu'un s'agita en s'efforçant de rendre ses mouvements le plus silencieux possible.

Au bout du couloir, un escalier en colimaçon desservait toute la maison et constituait l'escalier de service.

Loursat attendait toujours quand une marche de cet escalier craqua. Aucun doute n'était possible à cet égard. Et quand il se retourna, aussi vivement qu'il le pouvait, il fut certain, absolument certain que quelqu'un passait, un homme plutôt qu'une femme, il aurait même affirmé un jeune homme vêtu d'un imperméable beige.

La porte s'ouvrait, Nicole regardait son père avec son calme habituel, sans curiosité, sans affection, un calme né d'une parfaite indifférence.

— Qu'est-ce que vous voulez?

La lampe du plafond et la lampe de chevet étaient allumées, le lit défait, mais Loursat jugea son désordre artificiel. Quant à Nicole, bien qu'en peignoir, elle portait encore ses bas.

— Vous n'avez rien entendu? questionna-t-il en regardant de nouveau vers l'escalier de service.

Elle éprouva un besoin de déclarer :

— Je dormais.

— Il y a quelqu'un dans la maison.

— Vous croyez?

Les vêtements de Nicole traînaient sur la carpette.

— J'ai l'impression que quelqu'un a tiré...

Il se dirigea vers le fond du corridor. Il n'avait pas peur. Il n'était pas inquiet. Pour un peu il eût haussé les épaules et fût retourné dans son bureau. Pourtant, si on avait vraiment tiré, s'il avait bien vu, si un jeune homme venait de franchir l'espace découvert au bout du couloir, il valait mieux aller voir.

Le plus étonnant, c'est que Nicole ne le suivit pas tout de suite. Elle s'attarda dans la chambre, et quand il se retourna, la sentant derrière lui, elle avait retiré ses bas.

Cela lui était égal. Elle pouvait faire tout ce qu'elle voulait. C'était inconsciemment qu'il enregistrait ces détails.

— Je suis sûr qu'un homme vient de descendre. Comme je n'ai pas entendu la porte d'en bas, il doit être tapi quelque part dans l'obscurité.

— Je me demande ce qu'un voleur chercherait ici. A part les vieux livres...

Nicole était plus grande que lui, assez forte, voire un peu grasse, avec de lourds cheveux d'un blond roux et des yeux fauves de rousse dans un teint clair.

Elle le suivait sans enthousiasme et sans crainte, maussade comme lui.

— Je n'entends plus rien, constata-t-il.

Il regarda sa fille, pensa qu'elle avait pu recevoir un jeune homme, faillit une fois de plus regagner son cabinet.

Le hasard lui fit lever la tête vers la cage d'escalier et il vit un halo, celui d'une lumière.

— Il y a une lampe allumée au second étage.

— C'est peut-être Fine?

Alors il lui lança un regard lourd, méprisant. Qu'est-ce que Fine serait allée faire, à minuit, dans cette aile de la maison qui ne servait plus que de débarras? Fine, au surplus, avait tellement peur que, quand Loursat était en voyage, elle exigeait de dormir dans la chambre de Nicole, où elle apportait son lit!

Il monta, lentement, marche par marche, avec la certitude d'embêter sa fille. C'était la première fois depuis des années qu'il sortait du cercle étroit de ses allées et venues rituelles.

C'était presque dans un monde inconnu qu'il pénétrait ainsi, remuant les narines, car, à mesure qu'il s'avançait, il croyait sentir plus nettement une odeur de poudre.

Le corridor du second étage était étroit. On y avait mis jadis un vieux tapis — sans doute quand on avait remplacé les tapis du premier, ce qui remontait à trente ans et plus! Des rayonnages couraient le long des murs, bourrés de livres non reliés, de revues, de magazines, de collections dépareillées de journaux.

Nicole marchait toujours, impassible, sur les talons de son père.

— Vous voyez qu'il n'y a personne!

Elle n'ajouta pas :

— Vous avez encore trop bu!

Mais c'était indiqué dans son regard.

— Quelqu'un a quand même dû allumer cette

lampe! répliqua-t-il en montrant une ampoule qui brûlait.

Il se pencha, poursuivit :

— Et apporter cette cigarette encore chaude!

La cigarette qu'il ramassait avait brûlé le tapis rougeâtre à la trame apparente.

Il souffla, parce qu'il venait de gravir l'escalier, fit quelques pas, indécis, se demandant toujours s'il ne valait pas mieux rentrer chez lui.

Ses souvenirs sur cet étage dataient presque tous de son enfance, alors que les trois chambres de gauche étaient des chambres de domestiques. La première, celle d'Éva, une femme de chambre qui avait été longtemps sa passion secrète et qu'il avait surprise un soir avec le chauffeur dans une pose qu'il n'avait jamais oubliée.

La chambre du fond était celle d'Eusèbe le jardinier, chez qui il venait confectionner des pièges à moineaux.

Il eut l'impression que la porte n'en était pas bien fermée. Il s'avança et sa fille, cette fois, resta en arrière tandis qu'il poussait l'huis sans curiosité, pour voir ce qu'était devenue la chambre d'Eusèbe.

L'odeur ne laissait plus aucun doute, et d'ailleurs il y eut un léger mouvement ou plutôt un frémissement de vie.

Il chercha le commutateur. Il ne savait plus de quel côté celui-ci se trouvait. La lampe s'alluma et Loursat se trouva en face de deux yeux qui le regardaient.

Il ne bougea pas. Il n'aurait pas pu. Il y avait quelque chose de beaucoup trop extraordinaire dans la situation, dans ces yeux.

C'étaient ceux d'un homme couché sur un lit. La couverture ne cachait qu'une partie de son corps. Une jambe pendait, entourée d'un volumineux pansement, peut-être d'une gouttière comme on en place autour des membres cassés.

Tout cela, il le voyait à peine. Ce qui comptait, c'étaient ces yeux d'inconnu qui le fixaient, chez lui, sous son toit, pleins d'une interrogation immense.

Le corps était celui d'un homme, et le visage, les cheveux drus, coupés en brosse, mais les yeux étaient des yeux d'enfant, de gros yeux effrayés où Loursat crut voir hésiter des larmes.

Le nez frémit, les lèvres remuèrent. Ce fut le commencement d'une moue, celle que ferait quelqu'un qui essaie de crier ou de pleurer.

Un bruit... Un bruit humain... Une espèce de gargouillement, de vagissement, comme le premier appel d'un nouveau-né...

Puis aussitôt après, un tassement, une immobilité si soudaine que Loursat cessa un moment de respirer.

Quand il se reprit, ce fut pour passer la main dans ses cheveux et pour dire d'une voix qu'il entendit comme celle d'un autre :

— Il est sûrement mort...

Il se tourna vers Nicole qui attendait, un peu plus loin dans le corridor, pieds nus dans des pantoufles en tissu bleu ciel. Il répéta :

— Il est sûrement mort...

Puis, préoccupé :

— Qui est-ce?

Il n'était pas ivre. Il ne l'était jamais. A mesure que la journée s'avançait sa démarche devenait plus lourde, sa tête aussi, surtout sa tête, ses pensées se rattachaient mollement les unes aux autres, et il lui arrivait de dire des mots à mi-voix, des mots que personne n'aurait pu comprendre et qui étaient les seuls jalons apparents de sa vie intérieure.

Nicole le regardait avec une sorte de stupeur comme si l'extraordinaire, ce soir-là, n'eût pas été le coup de feu, la lampe allumée, cet homme qui mourait derrière une porte, mais Loursat lui-même qui restait calme et pesant.

La caissière du cinéma fermait enfin la cage vitrée qui faisait son supplice tout l'hiver en dépit des bouillottes qu'elle y apportait. Les couples hésitaient un instant sous la lumière et s'enfonçaient dans le noir mouillé. Bientôt des portes s'ouvriraient et se refermeraient dans des quartiers différents, des voix dans des rues sonores :

— A demain...

— Bonne nuit...

A la Préfecture on passait les orangeades, ce qui constituait un premier signal.

*

— Allô! Rogissart!...

Le procureur de la République, debout, en

chemise de nuit, car il n'avait pas pu s'habituer au pyjama, fronçait les sourcils, regardait sa femme qui levait les yeux de son livre.

— Qu'est-ce que vous dites?... Quoi?...

Loursat avait réintégré son cabinet de travail, et Nicole, toujours en peignoir, se tenait debout près de la porte. Fine la Naine, n'avait pas donné signe de vie et, si elle était éveillée, elle devait rester figée de peur, au plus profond de son lit, à guetter les bruits de la maison.

Loursat, ayant raccroché l'écouteur, voulait se verser à boire, mais la bouteille était vide. Il avait épuisé sa provision de la journée. Il allait être obligé de descendre à la cave où l'on ne s'était jamais décidé à installer la lumière électrique.

— Je pense qu'on vous interrogera, dit-il à sa fille. Vous ferez bien de réfléchir. Peut-être pourriez-vous vous habiller?

Elle le regardait durement. C'était sans importance puisqu'ils ne s'aimaient pas, puisque depuis toujours il était admis qu'ils ne s'occupaient pas l'un de l'autre en dehors des repas. Encore n'était-ce que par habitude, parce que c'est ainsi que cela se fait, qu'ils les prenaient en tête à tête, sans rien dire.

— Si vous connaissez cet homme, il sera peut-être plus sage de l'avouer tout de suite. Quant à celui que j'ai vu passer...

Elle répéta ce qu'elle avait déjà affirmé :

— Je ne sais rien.

— Comme il vous plaira. On questionnera

Fine et sans doute aussi cette fille que vous avez renvoyée...

Il ne la regardait pas, mais il n'en eut pas moins l'impression que cela l'impressionnait.

— Ils ne tarderont pas à arriver, conclut-il en se levant et en se dirigeant vers la porte.

Ce serait long! Rogissart ne viendrait pas seul, mais alerterait son greffier, le commissaire de police ou la brigade mobile. Il y avait des alcools et des liqueurs dans un placard du fumoir; Loursat n'en buvait jamais et il chercha une bougie pour descendre à la cave; il en trouva une dans la cuisine où il tâtonnait, car il était comme un étranger dans sa propre maison dont il ne connaissait que son secteur.

Dans cette cuisine, autrefois, du temps d'Éva...

Il prit une bouteille dans le casier habituel, monta en soufflant, s'arrêta au rez-de-chaussée et eut la curiosité d'aller examiner la porte de service qui donnait dans l'impasse des Tanneurs.

La porte n'était pas fermée à clef. Il l'ouvrit, fut désagréablement surpris par le froid et par une odeur de poubelles, referma et s'achemina vers son cabinet.

Nicole n'y était plus. Elle avait dû aller s'habiller. Il entendit du bruit dans la rue, entrouvrit une persienne, aperçut un agent cycliste que Rogissart avait vraisemblablement alerté et qui attendait au bord du trottoir.

Il brisa la cire avec soin, déboucha la bouteille en pensant à l'homme de là-haut, le mort, qui avait reçu une balle dans la poitrine, presque à bout portant, une balle tirée par quelqu'un qui ne devait pas être de sang-froid, car au lieu d'atteindre le cœur, elle s'était enfoncée trop haut, presque dans le cou. C'est pourquoi, sans doute, au lieu de crier, le blessé n'avait pu émettre qu'une sorte de gargouillement. Il était mort, une jambe hors du lit, de la perte de tout son sang.

C'était un colosse, d'autant plus impressionnant qu'il était couché et inerte. Debout, il avait sûrement une tête de plus que Loursat, et ses traits étaient durs, ceux d'un paysan robuste, d'une brute inconsciente.

Loursat aurait été bien surpris s'il s'était entendu lui-même prononcer, après avoir bu un demi-verre de bourgogne :

— C'est drôle !

Il y eut du bruit au-dessus de lui. La Naine s'agitait dans son lit, mais elle ne se lèverait que si on l'y forçait.

A l'*Hôtel de Paris,* trois voyageurs jouaient à la belote avec le patron qui regardait de temps en temps l'heure. Les brasseries fermaient. Le concierge de la Préfecture fermait, lui aussi, les lourdes portes et la dernière auto s'éloignait.

Il pleuvait de plus belle, en oblique, à cause du vent qui venait du nord-ouest, et qui, là-bas, sur la mer, devait souffler en tempête.

Les coudes sur le bureau, Loursat se grattait la tête, laissait tomber des cendres sur les revers de son veston, puis promenait autour de lui le regard de ses gros yeux glauques, soupirait, soufflait plutôt, et murmurait :

— Ils vont en être malades!

Ils, c'était tout le monde, Rogissart le premier, ou plutôt Laurence, sa femme, qui s'occupait davantage de ces questions-là, du bien et du mal, de ce qu'on faisait et de ce qu'on aurait dû faire; puis les autres, tout le Palais, par exemple, qui ne savait comment se tenir, quand, d'aventure, Loursat se décidait à plaider, les magistrats, les confrères, et encore des gens comme Dossin, son beau-frère, le fabricant des batteuses Dossin, lequel se frottait aux hommes politiques et commençait à guigner un siège de conseiller général; sa femme, Marthe, qui était toujours malade, toujours dolente, toujours vêtue de tissus vaporeux et qui était pourtant la sœur de Loursat, qu'elle n'avait pas vu depuis des années; la rue, les gens bien, ceux qui avaient de quoi et ceux qui faisaient semblant, les commerçants et les hôteliers, ceux du Syndicat d'initiative comme ceux du Grand Cercle, ceux de la haute ville et ceux de la basse.

On serait forcé d'ouvrir une information judiciaire!

Parce qu'un inconnu, dans un des lits de la maison...

Et lui, Loursat, était en somme leur parent à tous, à tous ceux qui comptaient, par le sang ou par alliance, petit-fils de l'ancien maire qui avait sa rue et son buste dans un square!

Il finit son verre et s'en versa un autre qu'il n'eut pas le temps de boire, car on entendait, dans la rue, des bruits de voitures, deux au moins; et Fine était toujours dans son lit, Nicole ne revenait pas, de sorte qu'il dut descendre à pas mous, chercher les verrous de la porte qu'il n'avait pas l'habitude d'ouvrir, cependant que dehors claquaient des portières.

II

Il était onze heures quand il ouvrit les yeux ; mais il ne le savait pas encore, car il ne se donnait pas la peine de tendre le bras vers son gilet pour y prendre sa montre. Un demi-jour de cave régnait dans la pièce aux volets clos et dans ces volets, apparaissaient deux petits trous ronds très lumineux.

C'étaient ces yeux brillants que Loursat regardait le plus gravement du monde, avec la gravité, exactement, que les enfants apportent aux choses futiles : il s'agissait de deviner le temps qu'il faisait dehors. Or, s'il n'était pas tout à fait superstitieux, Loursat se créait de petites croyances à son usage personnel : par exemple que les jours où il avait deviné juste étaient de bons jours.

Il décida : soleil ! Puis il se tourna pesamment pour atteindre le bouton de sonnette qui déclencha son vacarme dans la cuisine sépulcrale de la Naine. Celle-ci y était, servant un verre de vin à un agent en uniforme, familièrement assis devant la table. L'agent demanda :

— Qu'est-ce que c'est?

Et elle, indifférente :

— Ce n'est rien.

Les yeux ouverts, Loursat attendait, écoutant les bruits de la maison, trop lointains et trop vagues pour avoir un sens précis. Il sonna encore. L'agent de police regarda Fine qui haussa les épaules.

— Si seulement il pouvait crever !

Elle prit en la secouant une cafetière sur le coin du feu, remplit une verseuse de café, attrapa un sucrier couvert de mouches qui traînait sur la table. Là-haut, elle ne se donna pas la peine de frapper, ni de dire bonjour. Elle posa le plateau sur une chaise qui servait de table de nuit, se dirigea vers la fenêtre et ouvrit les volets.

Loursat crut avoir perdu. Le ciel était glauque, couleur de mercure. Mais l'instant d'après il s'éclairait pour s'assombrir de nouveau, car des nuages de pluie traversaient le ciel dont l'haleine était glacée.

— Qui est en bas?

Une heure peu agréable à passer, chaque matin; il en avait l'habitude, des recettes à lui pour que ce soit moins pénible. Il ne fallait pas se presser de bouger, à cause de la tête trop vide, de l'estomac qui chavirait facilement. Le temps pour Naine d'allumer le feu avec des gestes si brutaux qu'elle avait l'air d'en vouloir aux objets.

— C'est plein de monde en bas et en haut! répliqua-t-elle en jetant sur le lit la chemise de l'avocat.

— Et Mademoiselle?

— Il y a une heure qu'elle est enfermée dans le grand salon avec un de ces hommes.

Les humeurs de la Naine n'étaient plus drôles, parce qu'il y avait trop d'années qu'on y était habitué. Nicole avait deux ans quand Fine l'avait en quelque sorte prise en charge et, du coup, elle s'était mise à haïr le reste du monde et Loursat en particulier.

L'avocat ne s'en préoccupait pas. En principe, il ne voyait rien de ce qui se passait dans la maison. Il lui arrivait cependant, sans le vouloir, en ouvrant une porte, de trouver la Naine à genoux, réchauffant dans ses mains ou contre ses seins vides les pieds nus de la jeune fille.

Ce qui ne l'empêchait pas de la bouder, parfois des semaines durant, pour quelque raison mystérieuse!

Quelques minutes après le café, venait le tour de la bouteille d'eau minérale, que l'avocat buvait en entier, en se gargarisant. Après quoi seulement il pouvait se lever. Mais il ne serait dans son assiette qu'une heure plus tard, après deux ou trois verres de vin.

— Le procureur est venu aussi?

— Je ne le connais pas!

Il se servait rarement de sa salle de bains qui était dans l'autre aile, contiguë à la chambre à coucher. Une cuvette dans un placard, un verre pour la brosse à dents, et un peigne lui suffisaient. Il s'habillait devant Fine accroupie près du poêle qu'elle n'avait jamais pu allumer du premier coup.

— Comment est Mademoiselle?

Et l'autre, butée, qui semblait toujours mordre de ses dents de rongeur :

— Comment voudriez-vous qu'elle soit?

Cela s'était passé drôlement, la veille. Rogissart, très grand et très maigre, comme sa femme — on les appelait les deux ficelles! — avait pris un air préoccupé pour serrer la main de son cousin et pour questionner, les sourcils froncés :

— Qu'est-ce que vous m'avez raconté au téléphone?

Il n'aurait pas été autrement étonné si l'avocat avait éclaté de rire en s'écriant :

— Vous avez marché?

Mais non! Il y avait bien un cadavre dans un lit et on eût juré que Loursat était tout fier, tout heureux de le montrer.

— Voilà! déclara-t-il. Je ne sais pas qui c'est, ni comment il est venu là, ni ce qui lui est arrivé. C'est vous que cela regarde, n'est-ce pas?

Le greffier toussait à chaque instant et on ne pouvait s'empêcher de le regarder avec impatience, à la fin avec colère, tant ses quintes étaient interminables. Il y avait un commissaire de la brigade mobile qui s'appelait Binet ou Liset, un petit homme court, aux yeux de poisson, aux cheveux rares, et il avait la manie de demander pardon à tout propos. Il était toujours dans vos jambes, sans le faire exprès, avec son pardessus de ratine couleur chocolat, qui devenait exaspérant.

— Nicole est dans la maison? s'était informé

Rogissart qui n'avait jamais été aussi ennuyé de sa vie.

— Elle s'habille. Elle ne tardera pas à venir.

— Elle est au courant?

— Elle était près de moi quand j'ai ouvert cette porte.

Évidemment, Loursat avait beaucoup bu, un peu plus que d'habitude, et il avait un léger cheveu sur la langue. C'était gênant devant le greffier, le commissaire, le substitut qui venait d'arriver et le chef de la police.

— Personne dans la maison, ne connaît cet homme?

Nicole fut très bien. Déjà son entrée! C'était surprenant de la voir aussi femme du monde. Elle semblait pénétrer dans un salon où des invités l'attendaient et elle tendait la main au procureur.

— Bonsoir, cousin...

Et, tournée vers les autres, attendant qu'on les lui présentât :

— Messieurs...

C'était une révélation, car elle n'avait jamais été comme ça.

— Si nous sortions de cette pièce? proposa Rogissart que le cadavre aux yeux ouverts impressionnait. Vous pouvez peut-être en profiter pour y jeter un coup d'œil, commissaire?

On avait gagné la salle à manger, car le salon du rez-de-chaussée était inutilisé depuis des années.

— Vous permettez, Loursat, que j'interroge Nicole?

— Je vous en prie. Si vous avez besoin de moi, je suis dans mon cabinet.

Rogissart était venu le rejoindre, seul, une demi-heure plus tard.

— Elle prétend qu'elle ne sait rien. C'est une histoire très ennuyeuse, Loursat. J'ai donné des ordres pour qu'on emporte le corps à la morgue. Je ne veux pas commencer l'enquête en pleine nuit. Par exemple, je vais être forcé de laisser un homme dans la maison...

L'avocat n'y voyait pas d'inconvénient! Il avait les yeux plus vagues que jamais et la bouteille, sur le bureau, était vide.

— Vous n'avez vraiment pas la moindre idée de ce que cela peut-être?

— Vraiment pas!

Et il disait cela d'un tel ton que cela pouvait être pris pour une menace. Ou alors, il se moquait forcément de son cousin.

La situation était d'autant plus délicate que, tout ivrogne et sauvage qu'il fût devenu, il faisait encore partie de la société.

Il ne fréquentait aucun salon, certes, mais il n'était brouillé avec personne et on lui serrait la main quand on le rencontrait dans la rue ou au Palais.

S'il buvait, c'était tout seul, dans son coin, et il restait décent.

Que pouvait-on lui reprocher? On était forcé, au contraire, de manifester une certaine pitié, de murmurer :

— Quel dommage! Un homme qui était sans doute le mieux doué de la ville!

Ce qui était vrai, on s'en rendait compte les rares fois qu'il acceptait de plaider.

On ne s'était d'abord aperçu de rien quand soudain, dix-huit ans plus tôt, quelques jours avant Noël, sa femme était partie en le laissant seul avec un bébé de deux ans. On souriait même, malgré soi. Des semaines durant, on s'était heurté à une porte close. Des gens comme Rogissart, plus ou moins apparentés à Loursat, lui avaient fait de la morale.

— Il ne faut pas vous laisser aller, vieux. Il est impossible de vivre ainsi en marge du monde, comme une bête malade.

C'était pourtant possible, puisque cela durait depuis dix-huit ans! Dix-huit ans pendant lesquels il n'avait eu besoin de personne, ni d'amis, ni de maîtresses, ni pour ainsi dire, de domestiques, car Fine, qu'il avait engagée, s'occupait surtout de Nicole.

Lui ne s'en occupait pas. Il l'ignorait, voulait l'ignorer. Il ne la haïssait pas parce qu'elle était irresponsable, mais il la soupçonnait, d'après ses recoupements, d'être la fille de l'autre, un attaché au cabinet du préfet d'alors.

Ce drame sans drame avait impressionné tout le monde. Justement parce que c'était plus imprévu, parce qu'il n'y avait pas eu de bruit, qu'on n'avait jamais rien su ensuite.

Elle s'appelait Geneviève. Elle appartenait à une des dix meilleures familles de la ville. Elle était jolie et frêle. Quand elle avait épousé Loursat, chacun était persuadé que c'était un mariage d'amour.

Pas un potin, pendant trois ans, pas une rumeur malveillante. Et voilà qu'on apprenait qu'elle était partie avec Bernard, sans rien dire, qu'elle était sa maîtresse depuis longtemps, peut-être depuis le début du mariage, certains affirmaient même avant.

Pas une nouvelle d'eux, depuis. Rien! En tout et pour tout les parents de Geneviève avaient reçu une carte postale d'Égypte, avec une simple signature.

*

La bouche pâteuse, il suivait le corridor, atteignait le haut escalier d'où il pouvait voir deux hommes le chapeau sur la tête, assis en bas sur les premières marches. Il les regarda un moment, de ce regard qui lui était venu avec les années, lourd et vague, si difficile à déchiffrer, si pénible à supporter, puis il gagna le second étage où on entendait un remue-ménage.

Le commissaire Binet marchait à reculons et le heurta, s'effara, balbutia des « pardon », en kyrielle. D'autres hommes étaient avec lui, trois, dont un photographe muni d'un monstrueux appareil; et ils travaillaient à leur manière, la pipe ou la cigarette à la bouche, mesurant, fouillant, coltinant les meubles dans la pièce où on avait trouvé le mort.

— Le procureur n'est pas venu? questionna Loursat après avoir observé la scène.

— Je ne pense pas qu'il doive venir : le juge d'instruction est en bas.

— Qui a été désigné?

— M. Ducup. Je crois qu'il est en train de procéder aux interrogatoires. Je vous demande pardon...

— De quoi? questionna paisiblement l'avocat.

— De... De tout ce désordre...

Loursat s'éloignait déjà en haussant les épaules. Il était l'heure de faire à la cave sa provision de vin.

La maison était froide, pleine, ce matin-là, de courants d'air inhabituels, de bruits insolites. On rencontrait des gens qu'on ne connaissait pas et qui montaient ou descendaient l'escalier. Parfois la cloche résonnait, et c'était un sergent de ville qui allait ouvrir.

Dans la rue, les domestiques des voisins devaient passer leur temps sur les seuils ou aux fenêtres, tandis que Loursat remontait en soufflant de la cave, ses trois bouteilles à la main, et circulait, indifférent, parmi les gens de la police.

Comme il arrivait devant la porte du grand salon, celle-ci s'ouvrit. Nicole parut, très grande, très droite, d'une impassibilité exagérée, et elle s'arrêta instinctivement devant son père. Derrière elle se profilait la silhouette de Ducup, tiré à quatre épingles, calamistré, avec sa tête de rat malade, le sourire ironique qu'il avait adopté une fois pour toutes et qu'il jugeait catégorique.

Loursat tenait une bouteille dans une main, deux dans l'autre et il n'en était pas gêné, malgré le regard insistant de Ducup. Nicole regardait les

41

bouteilles, elle aussi. Et, au lieu de parler, comme elle avait eu des velléités de le faire, elle s'éloignait en soupirant.

— Mon cher maître, commençait Ducup...

Il avait trente ans. Il était pistonné. Il le serait toujours car il faisait le nécessaire; et il avait épousé une femme qui louchait mais qui l'apparentait aux familles en place.

— Comme on m'a dit que vous dormiez, je n'ai pas cru devoir vous déranger...

Loursat entra dans le salon et déposa ses bouteilles sur la table, une table qu'on avait dû aller chercher ailleurs, car elle ne se trouvait pas là d'habitude. La pièce était vaste et nue. Le parquet ciré était couvert de poussière, et des sièges dorés s'alignaient seuls le long des murs, comme pour un bal. On avait ouvert les volets que d'une seule des quatre fenêtres et, comme il n'y avait pas de feu, Ducup avait gardé son pardessus à martingale. Un greffier, assis devant ses paperasses, se levait à l'apparition de Loursat. Et à chaque pas le lustre tintait, un lustre immense à pendeloques de cristal qui avait des vibrations musicales au moindre frémissement de l'air.

— Sur les conseils de monsieur le Procureur, j'ai commencé par interroger votre fille.

Non! Décidément, Loursat n'avait pas envie de rester ici, dans la pièce trop vaste, trop froide, trop grise. A le voir regarder autour de lui, on avait l'impression qu'il cherchait un coin où se tasser, peut-être un verre pour son vin?

— Venez dans mon cabinet! grogna-t-il en reprenant ses bouteilles.

Le greffier se demanda s'il devait suivre. Ducup ne savait pas non plus ce qu'il devait décider. Ce fut Loursat qui lui dit :

— On vous appellera quand ce sera nécessaire!

Il n'avait pas encore allumé sa cigarette qu'il avait aux lèvres depuis le matin et qui commençait à se défaire. Il montait l'escalier. Ducup le suivait. Il refermait d'un coup de pied la porte du bureau, et, dans son antre, il redevenait enfin lui-même, reniflait, s'ébrouait, se mouchait, prenait un verre dans le placard, se versait à boire, regardait le juge en disant simplement, la bouteille à la main :

— Non?

— Jamais rien à cette heure-ci... Merci... Je viens d'avoir un long entretien avec votre fille, un entretien qui a duré près de deux heures... J'ai pu la convaincre enfin qu'elle aurait tort de ne pas parler...

Et Loursat, après avoir tourné en rond comme un sanglier dans sa bauge, trouvait enfin la bonne position dans son fauteuil au cuir usé où il n'avait qu'à tendre la main pour tisonner le poêle ou pour se verser à boire.

*

— Je n'ai pas besoin de vous dire, mon cher maître, que quand, ce matin, le procureur m'a fait le redoutable honneur de...

Avec Loursat, c'était difficile, car il n'écoutait pas, il regardait et son regard disait :

— Petit crétin!

— Ce n'est que devant son insistance que j'ai accepté et...

— Cigarettes?

— Merci! Il tombait sous le sens, n'est-ce pas, que quelqu'un dans la maison savait d'où venait cet homme. En partant de cette idée, il me restait à choisir entre...

— Dites donc, Ducup, si vous me racontiez tout de suite ce que ma fille vous a dit?

— J'y venais! J'avoue que j'ai eu assez de mal à la décider; mais, ayant compris qu'elle obéissait à de nobles sentiments, en l'occurrence au désir de ne pas trahir certaines amitiés...

— Vous m'ennuyez, Ducup!

Il ne dit pas « ennuyez », mais un mot plus grossier, et il s'enfonça davantage dans son fauteuil tandis que la chaleur du vin et celle du poêle commençait à le pénétrer.

— Vous comprendrez mieux mon embarras tout à l'heure. Tous, tant que nous sommes, nous croyons volontiers aux apparences, aux réalités superficielles qui nous entourent et nous avons peine à nous imaginer que sous ces dehors rassurants, existe une vie souterraine qui...

Loursat se moucha en fanfare, cyniquement, pour en finir, et Ducup se raidit, vexé.

— Comme il vous plaira! Sachez donc que Mlle Nicole, certains soirs, sort avec des amis. D'autres soirs, c'est ici qu'elle les reçoit...

Il attendit l'effet de cette révélation et Loursat

44

ne broncha pas, parut au contraire plutôt ravi de ce qu'il entendait.

— Dans sa chambre? questionna-t-il.

— Là-haut, au second. Il existe une pièce, paraît-il, une sorte de débarras, qu'ils ont baptisé le Bar du Désordre...

La sonnerie du téléphone retentit. Loursat fit comme la Naine le matin : il resta longtemps sans répondre et ne se décida que quand la sonnerie devint par trop insistante.

— Qu'est-ce que c'est? C'est vous, Rogissart? Oui! Il est justement dans mon cabinet. Non! Je ne sais encore rien. Il commençait... Bon! Je vous le passe...

Et Ducup, frémissant, saisit le cornet.

— Oui..., monsieur le Procureur... Mais oui, monsieur le Procureur... Vous voulez?... Bien, monsieur le Procureur...

Un regard à Loursat.

— Oui, il est ici... Pardon?... C'est entendu, monsieur le Procureur... Je lui disais que quelques jeunes gens ont l'habitude de se réunir tantôt en ville, dans un bar proche du marché, tantôt ici même... Oui, dans une pièce du second étage... Non! Pas dans celle-là, mais dans une pièce voisine. Il y a quinze jours, un nouveau a été présenté au groupe... Par jeu, on l'a fait boire... Après quoi, pour le mettre à l'épreuve, on l'a défié de voler une auto et de conduire toute la bande dans une auberge située à une dizaine de kilomètres de Moulins...

« Oui... Bien entendu, j'ai noté les noms... C'est cela! J'y ai pensé tout de suite... Il s'agit de la voiture de l'adjoint au maire qu'on a retrouvée un matin avec une aile faussée et du sang sur les... Oui!... Comment?... Je vous demande pardon, monsieur le Procureur... Je prends le papier où je les ai notés... »

A quel autre sentiment qu'à celui de le faire enrager, Loursat pouvait-il obéir en tournant en rond dans la pièce? Plus Ducup lui lançait des regards d'impatience, voire des regards suppliants, et plus il déambulait en soufflant.

— Voici, monsieur le Procureur... Il y a d'abord Edmond Dossin... Oui, le fils de Charles Dossin... Je ne sais pas au juste... Il est difficile de démêler le rôle de chacun d'eux... Ensuite, Jules Daillat, le fils du charcutier de la rue d'Allier... C'est cela! J'ai l'intention d'y revenir... J'ai simplement noté les noms, entre autres celui d'un employé de banque... Son père est caissier au Crédit du Centre où le fils travaille aussi : Destrivaux... Allô! Oui, monsieur le Procureur... Ensuite un certain Luska... Enfin le nouveau, Émile Manu, dont la mère est veuve et donne des leçons de piano... En revenant de l'auberge, Manu était très surexcité... Tous ont vu quelque chose sur la route, une grande silhouette qui tendait les bras... Il y eut un choc...

« Alors, les jeunes gens, qui se sont arrêtés, ont trouvé un homme blessé... Oui, monsieur le Procureur, Mlle Nicole était avec eux...

« Ils ont dû être affolés, c'est certain!... Il paraît que l'individu les a menacés et que c'est la jeune fille qui a proposé de l'amener chez elle...

« Mais oui, à l'insu de M. Loursat...

« Non ! la cuisinière a été mise au courant dès le lendemain... Certes ! Je l'interrogerai tout à l'heure...

« C'est Edmond Dossin qui est allé chercher le docteur Matray... L'homme avait une jambe cassée, la chair arrachée sur une longueur de dix centimètres...

« Oui ! Il est toujours ici... »

« Il » se servait à boire, tranquillement ! Car c'était évidemment de Loursat qu'il était question !

— Allô... Vous dites?... Pardon ! on faisait du bruit à côté de moi... Je le lui ai demandé... Ils se sont réunis plusieurs fois depuis, oui... Elle prétend que le blessé était insupportable, qu'il avait toutes sortes d'exigences...

Loursat sourit comme si cela l'eût amusé d'apprendre que, pendant deux semaines, un blessé avait vécu sous son toit, à son insu, sans compter les visites du docteur Matray (ils avaient été ensemble au lycée) et les réunions de ces jeunes gens dont il connaissait au moins l'un, Dossin, le fils de sa sœur, de l'Emmerdeuse, comme il l'appelait.

— Évidemment !... Oui... Oui, je vous comprends... C'est aussi sur ce point que j'ai le plus insisté... Elle m'a paru très franche... Elle a ajouté qu'hier au soir elle avait reçu la visite d'Émile Manu... Oui, le fils de la veuve qui donne des leçons de piano... Elle lui en donne d'ailleurs, des leçons, à elle aussi... Allô !... Je n'entendais plus rien... Ils sont montés ensemble pour voir le blessé... Ensuite Mlle Nicole l'a reçu dans sa chambre...

Un regard ennuyé à Loursat, lequel ne parut pas contrarié le moins du monde! Au contraire! On aurait juré qu'il jubilait!

— Certes!... J'ai été surpris aussi... C'est possible... J'y ai pensé... J'ai lu cet ouvrage... Je connais ces exemples de jeunes filles qui s'accusent à faux... Mais vous savez qu'elle est plutôt positive... Son compagnon l'a quittée vers minuit moins vingt... Elle ne l'a pas reconduit...

Quelle réflexion fit le procureur à l'autre bout du fil? Le juge Ducup ne put s'empêcher de sourire.

— C'est vrai! On entrait comme dans un moulin... Il paraît que la petite porte, qui donne sur une ruelle, n'était jamais fermée... Elle a entendu le coup de feu, quelques instants après le départ d'Émile Manu... Elle a hésité à sortir de sa chambre... Quand elle allait s'y décider, son père pénétrait dans le corridor... Un gros travail de vérification, oui... Bien! Je le lui dirai... A tout à l'heure, monsieur le Procureur...

Ducup, qui avait l'impression de s'être un peu vengé, raccrocha, se tourna vers son compagnon.

— Le procureur me prie de vous dire qu'il est très ennuyé et qu'il fera l'impossible pour que, dans les journaux, Mlle Nicole ne soit pas mise en cause... Vous avez entendu ce que je lui ai dit... Je ne vois pas grand-chose à ajouter... Je suis du même avis que le procureur : c'est une affaire extrêmement délicate et extrêmement désagréable pour tout le monde.

— Vous seriez gentil de m'épeler les noms et de me donner les adresses.

— Je ne les ai pas toutes... Votre fille, pour certains, comme Manu, n'était pas très fixée... Il me reste à vous demander, de la part du procureur, de bien vouloir vous soumettre à un interrogatoire officiel... C'est dans votre maison que...

Loursat avait déjà ouvert la porte, et gueulait dans le couloir :

— Qu'on fasse monter le greffier... Hé! quelqu'un, là-bas... Qu'on fasse monter le greffier du juge...

Rogissart devait être occupé à téléphoner à Mme Dossin, qui, dolente et vêtue de pâle, probablement de mauve, se traînait avec des mines distinguées, d'un divan à l'autre, ne faisant un réel effort que pour, de ses doigts effilés, arranger des fleurs dans les vases.

Elle ressemblait aussi peu à Loursat que possible. C'était l'élément raffiné de la famille! Elle avait épousé Dossin qui affectait la même élégance, et ils avaient fait construire, derrière le Mail, la villa la plus somptueuse de Moulins, une des rares où le service fût fait par un maître d'hôtel en gants blancs.

— Allô! C'est vous, chère amie? Comment allez-vous? Je suis désolé. Il faut cependant que je vous prévienne que votre fils... Certainement! Nous ferons ce qui sera en notre pouvoir...

Loursat croyait entendre le coup de téléphone, voir sa sœur affolée, parmi les coussins et les fleurs, sonner une femme de chambre et s'offrir un évanouissement complet.

— Vous m'avez appelé, monsieur le Juge.

— Veuillez prendre note de la déposition de M. Loursat...

— Hector Dominique François Loursat de Saint-Marc... récita celui-ci avec une féroce ironie. Avocat au barreau de Moulins... Quarante-huit ans... Époux de Geneviève Loursat, née Grosillière, partie sans laisser d'adresse...

Le greffier leva la tête et regarda son patron, se demandant s'il devait transcrire ces derniers mots.

— Écrivez : « J'ignore ce qu'a fait ou ce qu'a pu faire la nommée Nicole Loursat; j'ignore ce qui s'est passé dans les pièces de mon domicile que je n'occupe pas et cela ne m'intéresse en aucune façon. Ayant cru entendre un coup de feu, dans la nuit de mercredi à jeudi, j'ai eu le tort de m'en inquiéter, et j'ai découvert, tué par une balle, dans un lit du second étage, un homme que je ne connais pas. Je n'ai rien à ajouter. »

Il se tourna vers Ducup, qui croisait et décroisait les jambes.

— Cigarette?

— Merci.

— Bourgogne?

— Je vous ai dit...

— Que vous ne buviez jamais à cette heure-ci! Tant pis! Maintenant...

Il attendait, montrant clairement qu'il désirait rester seul dans son cabinet.

— Il faut encore que je vous demande la

permission d'interroger votre domestique...
Quant à la bonne congédiée hier au soir, elle est
d'ores et déjà recherchée... Vous devez comprendre mieux que quiconque...

— Que quiconque, oui !

— La photographie du mort et ses empreintes
ont été envoyées à Paris par les soins du
commissaire Binet...

Et Loursat de grommeler sans raison, comme
on chantonne un refrain :

— Pauvre Binet !

— C'est un fonctionnaire de valeur qui...

— Mais oui ! De valeur qui !

Il n'avait pas fini sa première bouteille. Par
contre, il en avait fini avec les humeurs du matin,
le mauvais goût dans la bouche et la sensation de
vide dans la tête.

— Il est possible que je sois obligé de...

— Je vous en prie !

— Mais...

Zut pour Ducup ! Loursat en avait assez et
ouvrait la porte.

— Vous conviendrez que j'ai fait tout ce que
j'ai pu pour...

— Oui, monsieur Ducup...

Et ce nom, dans sa bouche prenait les allures
d'une injure.

— Quant aux journalistes...

— Vous vous en arrangerez, n'est-ce pas ?

Et plus vite que ça, sacrebleu ! On ne pense pas
en paix avec une tête de Ducup devant les yeux,
et il n'y avait pas jusqu'à une mauvaise odeur de

cosmétique ou de gomina dont il ne fût parvenu à imprégner le cabinet!

Ainsi, Nicole...

Il serra la main du juge, celle du greffier par surcroît, pour en finir, referma sa porte à clef.

Nicole...

Il s'acharna sur le poêle et faillit recevoir un retour de flamme dans les jambes.

Nicole...

Il fit deux fois le tour du bureau, se versa un plein verre de vin, l'avala d'un trait, debout, puis s'assit et contempla un bout de papier sur lequel il avait griffonné les noms que Ducup avait prononcés.

Nicole...

Et lui qui l'avait prise pour une grande bringue butée! Une auto s'en allait : sans doute Ducup.

Des gens gravitaient dans toute la maison.

Qu'est-ce que Nicole pouvait bien faire?

III

Il ne rit pas. Ce ne fut pas même un sourire mais un vif étonnement aussitôt suivi d'une sensation de joie, d'une jubilation enveloppante comme un bain chaud.

Il n'était pas loin d'une heure. Loursat était entré dans la salle à manger et y avait trouvé la Naine qui dressait rageusement le couvert. Il était resté, sans savoir au juste pourquoi, le dos à la cheminée où fumaient les boulets.

Alors Fine, après deux ou trois mouvements d'impatience comme on en esquisse vers une mouche obstinée, de prononcer en fouillant dans le tiroir à l'argenterie :

— Je ne croyais pas avoir sonné?

Il la regarda, surpris, fut tout étonné de la voir si petite, si laide, si méchante, et il ne fut pas loin de se demander ce qu'elle faisait dans sa maison. Il remarquait aussi que le tiroir aux couverts était celui où l'on serrait autrefois les serviettes et l'idée le frappa qu'il ne s'était jamais aperçu du changement.

Les autres jours, il attendait le coup de cloche

qui annonçait les repas comme au temps où la maison était vraiment habitée. Le coup de cloche donné, il lui arrivait de traîner encore un quart d'heure et plus dans son cabinet, de s'en aviser soudain, de gagner la salle à manger où il trouvait Nicole occupée à lire en l'attendant.

Sans mot dire, elle refermait son livre, adressait un coup d'œil à la bonne qui commençait à servir.

Or, il venait d'arriver le premier, avant Nicole. Un instant, il se demanda pourquoi la Naine était sortie des profondeurs de sa cuisine et s'occupait de la table, puis il se souvint que l'autre servante avait été congédiée.

C'était curieux! Il n'aurait pas pu dire à brûle-pourpoint ce qui était curieux. Il avait une impression vague de nouveauté. Il était là, chez lui, dans une maison où il était né et qu'il n'avait jamais cessé d'habiter et il s'étonnait soudain qu'on mît en branle une énorme cloche de monastère pour annoncer à deux personnes que le repas était servi.

Fine sortait, sans le regarder. Elle le haïssait de toutes ses forces et ne se gênait pas pour dire à Nicole :

— Votre sale bête de père...

La cloche sonnait. Nicole entrait, calme, presque sereine, pas du tout avec le visage d'une jeune fille qui vient d'être interrogée pendant deux heures par un juge d'instruction. Elle n'avait pas pleuré. Pour la première fois, Loursat remarqua un détail surprenant : sa fille s'occupait du ménage! C'était peu de chose; en entrant elle accordait un coup d'œil à chaque détail de la table, un coup d'œil machinal de maîtresse de maison. Puis elle ouvrait la trappe du monte-plats, prononçait à mi-voix, penchée vers l'intérieur :

— Envoyez, Fine...

Elle y avait pensé! Elle remplaçait la bonne, apportait les plats à table où elle prenait place. Tout cela sans un regard à son père, sans un mot sur ce qui s'était passé, sans curiosité pour ses réactions.

Il eut beau faire, manger aussi salement que d'habitude, boire son bourgogne, mastiquer avec bruit, il ne pouvait s'empêcher d'en revenir à Nicole qu'il n'osait pas examiner franchement, mais par petits coups furtifs.

Par extraordinaire, il aurait aimé lui parler, lui dire n'importe quoi, entendre sa voix et la sienne propre dans la salle où ne résonnaient que des bruits de fourchettes et parfois l'éclatement d'un boulet.

— La suite, Fine! lançait-elle dans le monte-plats.

Elle était un peu grasse et pourtant elle ne donnait pas l'impression d'inconsistance. C'est ce qui surprenait le plus Loursat. Il y avait, dans la lourdeur de Nicole, dans sa placidité, comme une force au repos.

Et voilà qu'à son corps défendant il tirait de sa poche, avec des brins de tabac, le papier froissé sur lequel il avait écrit des noms et qu'il disait :

— Qu'est-ce qu'il fait, cet Émile Manu?

Il était gêné d'avoir parlé, d'avoir rompu avec

une tradition vieille de tant d'années. Pour un peu, il aurait rougi de cette infidélité à son propre personnage.

Le visage de Nicole se tournait vers lui et elle avait de grands yeux, un front uni. Son regard s'abaissait sur la nappe, sur le papier. Elle comprenait, répondait :

— Il est commis à la librairie Georges.

Il faillit y avoir une vraie conversation. Peut-être si elle avait dit seulement quelques mots inutiles, des mots en plus de ceux strictement nécessaires à la réponse?...

Cela s'arrêta là. Loursat, fixait, par contenance, le bout de papier posé sur la nappe et mastiquait de plus belle.

*

Il avait l'habitude, vers trois heures, de se promener comme on promène un chien, avec l'air de se tenir lui-même en laisse, contournant exactement les mêmes pâtés de maisons.

Cette fois, déjà en sortant de chez lui, il rompait avec la règle, s'arrêtait, se retournait, restait là, au bord du trottoir, à contempler sa maison.

Ce n'était pas possible d'expliquer ce qu'il ressentait ni s'il en était content ou non. C'était extraordinaire, voilà! Il voyait sa maison! Il la revoyait comme quand il était enfant ou jeune homme, il la retrouvait comme quand il venait en vacances de Paris au temps où il faisait son droit.

Ce n'était pas de l'émotion. D'ailleurs, pour rien au monde, il n'aurait accepté d'être ému. Il faisait le grognon exprès.

Mais n'était-ce pas curieux de se dire que... Enfin, les fameux soirs, *ils* devaient faire de la lumière! Et, de l'extérieur, on devait voir filtrer cette lumière à travers les fentes des persiennes.

Cette porte, dans la ruelle, restait ouverte toute la nuit. Est-ce que des voisins n'avaient jamais surpris d'ombres qui se faufilaient?

Et Nicole, dans sa chambre, avec ce...

Il dut consulter le bout de papier : Manu! Émile Manu! Un nom qui allait bien avec l'imperméable beige, avec la silhouette qu'il avait entrevue au bout du couloir.

Enfin, lorsqu'ils étaient dans la chambre, tous les deux, est-ce que?...

Il marchait en hochant la tête, les épaules rondes, les mains derrière le dos, et soudain il s'arrêta devant une petite fille qui le regardait. C'était une voisine, sûrement. Dans le temps, il connaissait les habitants de toutes les maisons, mais il y avait eu, forcément, des déménagements et des décès. Des naissances aussi! Ainsi, à qui était cette gamine? Qu'est-ce qu'elle pensait en le contemplant? Pourquoi était-elle apeurée?

Peut-être ses parents lui disaient-ils qu'il était Croquemitaine, ou un ogre?

L'instant d'après, il se surprenait à murmurer :

— C'est vrai qu'elle prend des leçons de piano!

Il était revenu à Nicole. Il avait entendu le piano, rarement, et c'était plutôt pénible. Mais il n'avait jamais réalisé que Nicole étudiait le piano. Il ne s'était jamais demandé pourquoi, ni si elle aimait la musique, ni comment elle avait choisi son professeur. Il lui était arrivé, dans l'escalier ou dans les couloirs, de croiser une femme à cheveux gris qui lui adressait un grand salut.

C'était curieux! Et encore plus curieux qu'il fût arrivé rue d'Allier, laquelle était en dehors de son circuit, et qu'il se fût arrêté devant la vitrine de la librairie Georges, une vitrine triste et terne, à l'ancienne mode, si mal éclairée le soir que de loin on supposait le magasin fermé.

Il entra et reconnut le vieux Georges qu'il avait toujours connu vieux, bourru, méchant, coiffé d'un bonnet de police, avec des moustaches de phoque et d'épais sourcils à la Clemenceau.

Le libraire écrivait devant un haut pupitre et ne leva pas la tête cependant qu'au fond du magasin tout en longueur, dans la partie éclairée du matin au soir par une ampoule électrique, là où étaient rangés les livres reliés en toile noire du cabinet de lecture, un jeune homme descendait d'une échelle.

D'abord, il s'avança naturellement, et il était quelconque : un jeune homme comme on en voit chez tous les libraires ou dans n'importe quel magasin — pas tout à fait formé, le cou long, les cheveux plutôt blonds, les traits indécis.

Soudain il s'arrêtait. Sans doute reconnaissait-il l'avocat, qu'on avait dû lui montrer dans la rue? Qui sait? C'était peut-être dans sa propre maison qu'il l'avait vu, puisque...

Tout pâle, tendu de la tête aux pieds, il jetait

un regard autour de lui comme pour chercher une aide.

Et Loursat se surprenait à jouer, à rouler de gros yeux féroces!

— Qu'est-ce que... qu'est-ce que vous...

Il ne pouvait pas! Sa gorge était serrée! On voyait monter et descendre la pomme d'Adam au-dessus d'une cravate d'un bleu candide.

Le vieux Georges, étonné, levait la tête.

— Donnez-moi un livre, jeune homme!

— Quel livre, monsieur?

— N'importe lequel. Celui que vous voudrez...

— Montrez à Monsieur les dernières nouveautés! intervint le libraire.

Le gamin se précipitait, ne rattrapait que de justesse une pile d'ouvrages qui faillit tomber. Il était vraiment jeune! Il n'avait pas dix-neuf ans, peut-être seulement dix-sept! Maigre comme certains poulets trop poussés! Plutôt un coquelet qui commence à se prendre au sérieux!

C'était lui, qui au volant de l'auto...

Loursat grognait dans ses poils. Il s'en voulait de penser à tout cela et même de s'y intéresser. Il avait tenu bon pendant près de vingt ans, et maintenant, à cause d'une histoire stupide...

— Ça va! Donnez celui-ci! Ce n'est pas la peine de l'emballer!

Il avait parlé sèchement, méchamment.

— Combien?

— Dix-huit francs, monsieur. Je vais vous donner une couverture...

— Ce n'est pas la peine!

Il sortit enfin, enfouit le bouquin dans sa

poche, éprouva le besoin de boire. C'est à peine s'il reconnaissait la rue d'Allier, qui est pourtant la principale artère de Moulins. Par exemple, à côté de l'armurier qui n'avait pas changé, il découvrait un immense Prisunic aux globes trop lumineux, à la marchandise étalée sur le trottoir, avec des fromages tout près d'un rayon de lainages et de la musique de pick-up.

Plus loin, en descendant la rue, il lisait au-dessus d'une charcuterie aux trois vitrines de marbre : *Charcuterie fine Daillat.*

Le Daillat qui venait chez lui aussi, avec Dossin et la bande !

Était-ce un des personnages qu'on voyait s'agiter dans le magasin ? Des vendeuses en blanc, très fraîches, allaient et venaient à une vitesse folle... Un homme en veston de coutil finement rayé et en tablier blanc... Mais non ! Celui-là, rougeaud, le cou inexistant, avait au moins quarante ans... Peut-être le rouquin vêtu comme lui, qui découpait des côtelettes ?

La boutique était prospère, à se demander comment une petite ville pouvait engloutir autant de charcuterie !

Dans quel bar lui avait-on dit que les jeunes gens fréquentaient ? Il ne l'avait pas noté. Il se souvenait que c'était près du marché, et il s'enfonça dans ce quartier sombre, aux rues étroites.

Le *Boxing Bar !* C'était cela ! Une fenêtre pas très large, à petits carreaux, voilée d'un rideau genre rustique. Une toute petite pièce, deux tables sombres et quelques chaises près d'un haut comptoir.

C'était vide. Loursat s'avançait comme un ours, mécontent, méfiant, regardait les photos d'artistes et de boxeurs collées sur les glaces, les tabourets trop hauts, le matériel à cocktails.

Un homme surgissait enfin de derrière le comptoir, avec l'air de jaillir d'une trappe, et c'était un peu cela, car il fallait se baisser et passer par une sorte de trou pour venir de la pièce voisine.

L'homme, en veste blanche, mangeait quelque chose, regardait l'avocat, fronçait les sourcils, grommelait en saisissant une serviette :

— Qu'est-ce que c'est?

Connaissait-il Loursat? Était-il au courant? Sûrement...

Sûrement aussi un type peu recommandable, nez cassé, front aplati, un ancien lutteur ou un boxeur de foire.

— Vous avez du vin rouge?

L'autre mastiquait toujours, tendait une bouteille dans la lumière pour voir s'il restait assez de vin dedans, servait enfin, d'un air indifférent. Le vin avait le goût de bouchon. Loursat ne parla de rien, ne posa pas de question. Il s'en alla, traversa d'un pas plus rapide le quartier obscur et rentra chez lui de méchante humeur.

Il dut gravir l'escalier, puisqu'il se retrouva au premier étage, mais il ne s'en rendit pas compte. Il fonçait, déclenchait les minuteries pour éclairer son chemin, sentait quelque chose de lourd dans sa poche et s'avisait que c'était son livre.

— Idiot !... grogna-t-il.

Il avait hâte de retrouver son coin, de refermer la porte matelassée, de...

Sur le seuil du bureau, il fronça les sourcils et questionna :

— Qu'est-ce que vous faites là, vous?

*

Pauvre commissaire Binet! Il ne s'attendait pas à un tel accueil. Il se levait, plongeait, demandait pardon. C'était Joséphine qui l'avait introduit dans le bureau alors qu'il faisait encore jour. Elle l'avait abandonné à son sort, et le commissaire était resté assis, son chapeau sur les genoux, dans la pénombre, puis dans l'obscurité complète.

— J'ai pensé que je devais peut-être vous mettre au courant de... Étant donné que cela s'est passé chez vous, n'est-ce pas?...

Loursat reprenait possession de son poêle, de son bourgogne, de ses cigarettes, peut-être de son odeur.

— Alors, qu'est-ce que vous avez trouvé?... Vous en voulez?

— Avec plaisir.

Ce en quoi il avait tort, car Loursat ne lui avait offert de son vin que par politesse, et maintenant il ne trouvait pas de second verre. Binet affirmait :

— Je n'y tiens pas spécialement... Ne vous dérangez pas...

L'autre en faisait une affaire personnelle, s'entêtait à dénicher un verre et allait pour cela jusque dans la salle à manger. Il en découvrait enfin un, l'apportait et le remplissait d'un geste presque menaçant.

— Buvez!... Qu'est-ce que vous disiez?

— Que j'ai voulu vous mettre au courant. Peut-être pourrez-vous nous être utile. Nous avons reçu tout à l'heure un coup de téléphone de Paris. L'homme est identifié. C'est un individu assez dangereux, nommé Louis Cagalin, dit Gros Louis. Je pourrai vous envoyer une copie de sa fiche. Il est né dans un village du Cantal. A dix-sept ans, un soir qu'il revenait de la fête et que son patron lui adressait des reproches parce qu'il était ivre, il l'a frappé à coups de bêche et a failli le tuer. Cette histoire lui a valu de rester jusqu'à vingt et un ans dans une maison de correction, où sa conduite n'a pas été meilleure et, par la suite, il a eu plusieurs fois des ennuis avec la police, ou plutôt avec la gendarmerie, car il écumait de préférence les campagnes.

Encore un qui avait vécu sous le toit des Loursat! A moins de vingt mètres de ce bureau où l'avocat se croyait chez lui! Et jamais il n'avait soupçonné que...

— Je crois que M. Ducup se réserve d'interroger les jeunes gens un à un. Pour ma part, j'ai vu le docteur Matray, qui n'a pas fait de difficulté pour me donner tous les renseignements désirables. Il est exact qu'un soir, une nuit plutôt, puisqu'il était une heure du matin,

Edmond Dossin est allé le chercher et l'a amené dans cette maison en se réclamant du secret professionnel. Gros Louis avait été assez grièvement blessé par l'auto que la bande avait empruntée pour son escapade. Par la suite, le docteur est revenu trois fois et, chaque fois, il a été reçu par Mlle Nicole. Deux fois, le nommé Émile Manu était présent...

Loursat avait reconquis sa lourdeur, son regard glauque, et son indifférence.

— Maintenant, il me reste à vous entretenir du plus grave. Comme vous l'avez vu, il est hors de doute que Gros Louis a été tué d'une balle tirée à bout portant par un revolver du calibre 6,35. J'ai retrouvé la douille dans la chambre. Par contre il m'a été impossible de retrouver le revolver.

— L'assassin l'a emporté avec lui! dit Loursat comme s'il s'agissait d'une évidence.

— Oui. Ou il l'a caché! C'est très ennuyeux.

Et le commissaire se leva.

— Je crois que je n'aurai plus besoin de venir dans cette maison, annonça-t-il. Cependant, si vous désirez que je vous tienne au courant...

Il était parti depuis cinq bonnes minutes quand Loursat remarqua à voix haute :

— Quel drôle de petit bonhomme!

Puis :

— En somme qu'est-il venu faire? Qu'a-t-il voulu dire?

Il regarda son bureau, le poêle, la bouteille entamée, la cigarette qui fumait dans le cendrier.

le fauteuil que le commissaire replet avait occupé, puis, comme s'il s'arrachait à tout cela, il ouvrit la porte en soupirant et partit à la découverte.

Il avait à peine atteint le grand escalier que quelqu'un se dressait devant lui, quelqu'un qui devait attendre depuis un bon bout de temps sur une chaise comme le policier avait attendu dans le bureau.

Loursat fut un moment à reconnaître Angèle, la bonne que Nicole avait mise à la porte la veille. Il est vrai qu'elle portait un chapeau sombre, un costume tailleur bleu sur un corsage de soie crème qui lui faisait des seins énormes et qu'elle avait le visage horriblement maquillé, du rouge violacé aux joues, du noir ou du bleu sur les cils.

— Dites donc, est-ce qu'elle va se décider à me recevoir?

Et là, au haut de l'escalier, ce fut une scène inattendue; que Loursat subit presque sans comprendre. Encore une chose qu'il ne soupçonnait pas, la grossièreté, la vulgarité grinçante de cette fille soudain déchaînée et qui, pendant un certain temps, avait vécu sous son toit, l'avait servi à table, avait fait son lit.

— Combien allez-vous me donner?

Puis, il ne comprenait pas :

— Vous n'êtes pas encore saoul, non? Ce n'est tout de même pas l'heure! Ne croyez pas me faire peur avec vos gros yeux, pas plus que votre fille avec ses grands airs! Ne croyez pas non plus que je me laisserai faire! Je prends le train pour aller me reposer chez

moi. Je m'installe chez mes parents et qu'est-
ce que je vois arriver : les gendarmes, qui
m'emmènent comme une voleuse, sans vouloir
me dire de quoi il s'agit! Au Palais de Justice,
on me fait attendre plus d'une heure sur un
banc sans seulement que j'aie eu le temps de
manger! Tout ça à cause de votre garce de
fille. Mais je leur ai dit, je vous prie de le
croire...

Il était moins attentif aux paroles qu'à leur
rythme, qu'à la haine, au mépris qu'exhalait
cette fille qu'il connaissait seulement en robe
noire et en tablier blanc.

— Je sais comment ça va dans les villages
et qu'on ne croira pas que les gendarmes sont
venus me chercher pour rien! Si on demande
des renseignements sur moi, il y aura des gens
pour me faire du tort. Vous êtes assez riche
pour payer, quoique vous viviez comme des
cochons...

... « Viviez comme des cochons ». Le mot
le frappa. Il regarda autour de lui la maison
délabrée.

— Alors, combien est-ce que vous me donnez?

— Qu'est-ce que vous avez dit au juge?

— Je lui ai tout dit, quoi! Je lui ai raconté
comment ça marchait ici, que si on en avait parlé
avant à des personnes raisonnables aucune ne
l'aurait cru... Même que j'ai pensé au début que
vous étiez un peu timbrés tous les deux... On
pourrait dire tous les trois, car votre sorcière ne
vaut pas mieux... Encore une chipie, celle-là!...
Mais ça ne me regarde pas... Quant aux orgies qui

avaient lieu là-haut, avec des jeunes gens qui auraient mieux fait d'être dans leur lit...

Peut-être aurait-il été préférable de la faire taire? Et encore! Pourquoi? C'était curieux! Il l'observait avec attention, n'en revenait pas de tant de passion, de tant de frénésie.

— Et je te joue les saintes nitouches! Et je te viens contrôler le sucre et le beurre à la cuisine! Et je te fais des remarques si le café n'est pas assez chaud! Mais ça boit de la gnôle comme un homme! Ça chipe des bouteilles à la cave! Ça fait marcher le phonographe et ça danse jusqu'à des quatre heures du matin!

Ainsi, il y avait jusqu'à un phonographe! Et on dansait!

— ... Qu'après je devais m'appuyer de nettoyer toutes leurs saletés!... Et encore heureux quand il n'y avait pas des malades qui vomissaient sur le plancher!... Ou quand je ne retrouvais pas le matin dans un lit un qui n'avait pas pu partir... C'est du propre, oui!... Et ça vous traite les domestiques comme...

Loursat leva la tête. Il avait perçu un léger bruit. Il voyait, dans le corridor à peine éclairé, derrière Angèle, sa fille qui venait de sortir de sa chambre et qui immobile, écoutait.

Il ne dit rien. Angèle repartait de plus belle :

— Si vous voulez savoir ce que je lui ai dit, au juge — même qu'à la fin il essayait de me faire taire! — je n'ai pas honte à le répéter : je lui ai dit que leur place à tous était en prison, et celle de votre fille aussi. Seulement, il y a des personnes à qui on n'ose pas toucher!... Demandez-lui, à votre pimbêche, ce qu'il y avait dans les paquets... Ou mieux, demandez-lui la clef du grenier, si on la retrouve... Quant à l'autre, le malheureux, s'ils l'ont tué, c'est peut-être bien qu'ils avaient leurs raisons, encore qu'il ne valait pas mieux... Vous en avez assez entendu, oui?... Qu'est-ce que vous avez à me regarder ainsi?... Avec le tort que ça me fait et le temps que je perds, je prétends que ça vaut mille francs...

Nicole était toujours là et il se demanda si elle n'allait pas intervenir.

— Vous avez annoncé au juge que vous viendriez me réclamer de l'argent?

— Je l'ai prévenu que je voulais une indemnité... A la façon dont il m'a parlé, j'ai compris ce qu'on allait faire, allez! « Ne parlez pas trop »... « Soyez prudente »... « Tant que l'enquête n'est pas terminée »... Et patati et patata... Parce que ces jeunes gens-là c'est des fils de famille!... Un beau jour on ne parlera plus de rien du tout, et tant pis pour le pauvre type qui s'est laissé tuer... Alors?

— Je vais vous remettre mille francs.

Pas parce qu'il avait peur. Pas davantage pour la faire taire. Il jugeait que cela valait ça!

Il se dirigea vers son bureau pour y prendre l'argent, en profita pour boire un verre de vin. Quand il revint, Angèle, sûre d'elle, s'était rassise.

— Merci! dit-elle en pliant le billet et en le glissant dans son sac.

Peut-être avait-elle des remords? Elle regarda Loursat à la dérobée.

— Je ne dis pas que vous, personnellement, vous soyez mauvais, mais...

Elle n'acheva pas sa pensée. Sans doute était-ce trop imprécis. Et puis, elle avait son argent. Qui sait? Elle n'était pas tout à fait rassurée.

— Ne vous dérangez pas. Je fermerai la porte...

Il resta là, à regarder sa fille qui était à moins de cinq mètres de lui et qui portait une robe claire. Si elle ne rentrait pas tout de suite dans sa chambre, c'est qu'elle pensait qu'il allait lui parler.

Il aurait voulu le faire. Il ouvrit la bouche. Mais lui dire quoi? Comment?

Il n'osa pas. Il était intimidé. Il y avait encore trop de choses qui lui échappaient. Elle le comprit si bien qu'elle se décida à ouvrir sa porte et à disparaître.

Où allait-il quand il s'était heurté à la furie? Il devait faire un effort pour s'en souvenir. En somme, il partait un peu à l'aventure!

Qu'est-ce qu'Angèle avait voulu dire avec le grenier? De quel grenier s'agissait-il au juste, car il y en avait quatre ou cinq dans les combles de la maison. Et les paquets? Des paquets de quoi?

Il se rendait compte que la sonnerie de son téléphone résonnait depuis quelques minutes; mais l'idée de répondre ne lui vint qu'à la longue et parce que cette sonnerie l'énervait.

Une fois de plus il retrouva son bureau où tout était stable, où le désordre était son chaud désordre.

— Allô... Hein?... Marthe?... Qu'est-ce que vous voulez?

Sa sœur! C'était étonnant qu'elle n'eût pas téléphoné plus tôt, d'une des chaises longues de sa belle villa moderne où elle était étendue.

Si vous pleurez en parlant, je vous avertis que je ne pourrai rien comprendre...

A se demander comment cette grande femme pâle et distinguée, toujours dolente, toujours inclinée comme une fleur coupée, pouvait être sa sœur!

— Je m'en fous! déclara-t-il en s'asseyant et en se versant à boire d'une main.

Elle était en train de lui dire qu'on venait d'appeler son fils chez le juge d'instruction.

— ... Qu'est-ce que vous racontez?... Moi?

C'était magnifique! Sa sœur lui reprochait d'être la cause de tout, d'avoir mal élevé sa fille. Et quoi encore?

— ... Que je fasse des démarches pour...? Jamais de la vie!... En prison?... Eh bien, je pense que cela ne leur ferait pas de mal... Écoutez, Marthe... Écoutez, vous dis-je!... Vous m'emmerdez, vous entendez?... Oui! Comme ça s'écrit!... Bonsoir...

Il y avait longtemps que ça ne lui était pas arrivé, si longtemps qu'il en était troublé. Il venait de piquer une colère, une bonne colère bien chaude et qui était partie du plus profond de lui-même et qui lui picotait la peau. Il en respirait bruyamment, grommelait :

— Ah! mais...

Et c'était au point qu'il hésitait à boire d'un

trait son verre de vin. Il se demandait s'il avait vraiment envie de s'engourdir comme les autres soirs.

Les volets n'étaient pas fermés. Derrière les vitres d'un bleu de satin, il y avait des becs de gaz, des façades, des pavés, parfois des gens qui passaient.

Il se souvenait soudain de la rue d'Allier. Il n'osait pas se demander s'il aurait voulu y être à nouveau, dans la foule, dans les lumières de Prisunic ou devant la charcuterie somptueuse.

A quelle heure fermait la librairie Georges? Le jeune homme à l'imperméable, Émile Manu, allait sortir. Qu'est-ce qu'il ferait? Où irait-il?

S'il avait pu parler à Nicole...

Ils devaient avoir une peur lancinante, tous tant qu'ils étaient, le fils du charcutier, celui qui était employé de banque, et cet idiot de Dossin qu'on envoyait tous les étés à la montagne parce que, comme sa mère, il était de santé délicate, tandis que son père faisait la bombe avec toutes les belles filles rencontrées au cours de ses voyages d'affaires.

Un qui devait être empoisonné au suprême degré, c'était Rogissart qui, pendant toute sa carrière de magistrat, avait vécu dans la peur d'une tuile!

Il la recevait, la tuile! Qu'est-ce qu'ils allaient tenir comme conseil de guerre, lui et sa femme, dans la fade chambre conjugale!

Pourquoi Loursat avait-il tiré le papier fripé de sa poche et l'avait-il étalé devant lui sur le bureau où il le lissait du bout des doigts?

... Dossin... Daillat... Destrivaux... Manu...

Et l'autre, le mort, comment s'appelait-il encore? Louis Cagalin, dit Gros Louis!

De sa lourde patte, Loursat écrivit ce nom à la suite des autres, puis il fit la réflexion que c'eût été plus drôle de l'écrire à l'encre rouge.

Il but quand même. Cela valait peut-être mieux? Il le fit exprès de recharger le poêle avec un soin méticuleux, de régler la clef, de tisonner. Ce n'était pas mauvais de répéter les gestes d'avant, de vivre comme avant, de ne pas se laisser emballer parce que...

Parce que quoi, en définitive?

La porte s'ouvrit sans qu'on eût frappé. C'était la Naine, toujours désagréable.

— Il y a en bas un jeune homme qui demande à vous voir.

— Qui est-ce?

— Il n'a pas dit son nom, mais je sais qui c'est...

Elle attendait, pour l'obliger à la questionner.

— Qui est-ce?

— C'est M. Émile...

Et cette sacrée Fine prononçait « M. Émile » avec une bouche à sucer des bonbons! Nul besoin de lui demander si elle le connaissait, si c'était le chouchou, si elle était prête à le défendre contre sa brute de patron!

— Émile Manu, n'est-ce pas?

Elle rectifia :

— M. Émile... Vous voulez le voir?

Il errait tout seul, en imperméable, dans le hall dallé, mal éclairé, levant parfois la tête vers l'escalier de fer forgé au-dessus duquel Joséphine finit par paraître.

— Vous pouvez monter! annonça-t-elle.

Et Loursat, pour mieux se sentir d'aplomb, se versait un verre de vin, le buvait presque furtivement.

— Asseyez-vous!

Mais l'autre était trop tendu pour s'asseoir. Il arrivait d'un élan, comme en avance sur lui-même, s'arrêtait net devant la réalité immédiate de cette pièce surchauffée, de ce vieux mâle barbu, aux gros yeux pochés, tapi dans son fauteuil.

— Je suis venu pour vous dire...

Et voilà que, sans le vouloir, peut-être par protestation contre quelque chose, Loursat se mettait à hurler :

— Mais asseyez-vous, nom de Dieu!

Certes, il avait horreur d'être assis devant un partenaire debout — ce n'était cependant pas une raison pour crier de la sorte. Le jeune homme, sidéré, le regardait avec effroi, sans penser à chercher une chaise. Il portait un imperméable beige, du beige pisseux de ces vêtements qui pendent sur les trottoirs devant les magasins de confection. Ses souliers mal coupés avaient été ressemelés plusieurs fois.

Loursat, soudain dressé, poussait un fauteuil

vers son visiteur, se rasseyait avec un soupir d'aise.

— Vous êtes venu pour me dire?...

Le jeune homme était démonté. Du moment qu'on lui avait coupé son élan, il ne s'y retrouvait plus. Et pourtant il n'avait pas perdu contenance. Il y avait en lui un curieux mélange d'humilité et d'orgueil.

Malgré les gros yeux que Loursat lui faisait, il ne détournait pas la tête et il avait l'air de dire :

— Si vous croyez que vous me faites peur !

Mais ses lèvres tremblaient, ses doigts aussi, qui trituraient un chapeau mou.

— Je sais ce que vous pensez et pourquoi vous êtes venu tout à l'heure à la librairie...

Il attaquait, candide et sournois. Dans son esprit, sa phrase signifiait :

— Vous avez beau être avocat, âgé, habiter un hôtel particulier et essayer de m'impressionner, j'ai tout deviné...

Et Loursat, au même instant, se demandait s'il avait été jadis ainsi, maigre et osseux, sans cesse prêt à se dresser sur des mollets pas formés, la pomme d'Adam saillante, le regard ombrageux. Est-ce qu'un homme de quarante-cinq ans, à cette époque, lui aurait inspiré le respect ou la crainte?

La voix d'Émile Manu se faisait plus nette pour déclarer : .

— Ce n'est pas moi qui ai tué Gros Louis !

Maintenant il attendait, frémissant toujours, la riposte de l'ennemi tandis que la grimace de Loursat se teintait d'un sourire.

— Comment savez-vous que Gros Louis a été tué?

Il était prompt. Il comprit la gaffe qu'il venait de commettre. Les journaux, plus exactement l'unique journal de Moulins n'avait parlé de rien. Les voisins, s'ils avaient vu la voiture de la morgue stationner en face de chez Loursat, ignoraient la vérité sur les événements.

— Parce que je le sais!

— Quelqu'un vous a prévenu?

— Oui... Tout à l'heure, j'ai reçu un billet de Nicole...

Il en avait pris son parti, devinant que la franchise vaudrait mieux, et son regard proclamait :

— Vous voyez que je ne vous cache rien! Vous pouvez m'observer comme vous le faites, épier mes moindres réflexes...

Afin de fournir la preuve de sa sincérité, il tirait un papier de sa poche.

— Tenez!... Lisez...

C'était bien la haute écriture nette de Nicole : « *Gros Louis est mort. Le juge m'a torturée pendant deux heures. J'ai tout dit au sujet de l'accident et des réunions et j'ai donné des noms.* »

Rien d'autre. Rien avant, rien après.

— Vous aviez déjà ce billet quand je me suis présenté à la librairie cet après-midi?

— Oui.

— Quelqu'un vous l'a donc porté?

— Fine! Elle avait d'autres billets, pour chacun de nous...

Ainsi, Nicole, peu après l'interrogatoire de

Ducup, écrivait froidement cinq ou six lettres !...
Et la Naine trottait à travers la ville pour les
porter à destination !...

— Il y a une chose que je ne comprends pas,
jeune homme : c'est pourquoi vous venez me
trouver, moi, pour m'affirmer que vous n'avez
pas tué Gros Louis.

— Parce que vous m'avez vu !

Cette fois, il le défiait carrément, le fixait avec
une intensité gênante.

— Je savais que vous m'aviez vu et que vous
me reconnaîtriez probablement. C'est pour cela
que vous êtes venu à la librairie. Si vous le dites à
la police, on m'arrêtera...

Un exemple frappant du mélange qu'il représentait et qui ahurissait l'avocat ; à cet instant-là,
il était nerveux et passionné comme un homme.
Or, la seconde d'après, sa lèvre inférieure se
soulevait comme celle d'un enfant qui va pleurer,
et tous ses traits devenaient si indécis qu'on se
demandait comment on avait pu le prendre au
sérieux.

— Si on m'arrête, ma mère...

Il ne voulait pas pleurer, serrait les poings, se
levait d'une détente, de la haine dans les yeux à
l'égard de cet homme qui l'humiliait et qui, dans
un moment pareil, buvait lentement un verre de
vin.

— Je sais que vous ne me croyez pas, que
j'irai en prison et que ma mère perdra toutes ses
élèves...

— Doucement ! Doucement ! Désirez-vous un

78

peu de vin? Non? A votre aise! Vous parlez de votre mère et pas de votre père.

— Il y a longtemps qu'il est mort!

— Qu'est-ce qu'il faisait?

— Il était dessinateur industriel chez Dossin.

— Où habitez-vous? Vous vivez seul avec votre mère?

— Oui. Je suis enfant unique. Nous habitons rue Ernest-Voivenor .

Une rue neuve, dans un quartier neuf, près du cimetière, avec de petites maisons propres pour petites gens. Le jeune homme enrageait d'habiter rue Ernest-Voivenon, cela se sentait à la façon dont il avait lancé ce nom. Il était orgueilleux. Il exagérait en jetant :

— Qu'est-ce que ça peut vous faire?

— Je vous ai prié de vous asseoir...

— Pardon!

— Puisque c'est vous que j'ai vu descendant l'escalier de service, je serais curieux de savoir ce que vous étiez allé faire au second étage. Vous étiez sorti un peu plus tôt de la chambre de Nicole. Je suppose que vous partiez?

— Oui.

Comment Loursat, lui, se serait-il comporté si, à dix-huit ou dix-neuf ans, il se fût trouvé dans une situation analogue? Car enfin le gamin était devant un père, un père qui n'ignorait pas qu'à minuit l'autre sortait de la chambre de sa fille!

C'était précisément maintenant qu'on atteignait au plus brûlant du sujet que Manu paraissait plus calme.

— J'allais descendre et sortir par la ruelle

quand, juste comme j'arrivais dans l'escalier, le coup de feu a éclaté. Je ne sais pas pourquoi je suis monté au lieu de m'enfuir. Quelqu'un sortait de la chambre de Gros Louis...

— Vous avez vu l'assassin?

— Non. Le couloir n'était pas éclairé.

Il semblait répéter, tant il mettait d'ostentation à montrer son visage bien en face :

« — Vous voyez que je ne mens pas! Je vous jure que je ne l'ai pas reconnu! »

— Et après?

— L'homme a dû me voir ou m'entendre...

— C'était donc un homme?

— Je le suppose.

— Cela ne pouvait pas être Nicole, par exemple?

— Non, puisque je venais de la quitter au seuil de sa chambre...

— Qu'a donc fait l'homme?

— Il a couru vers le fond du couloir. Il est entré dans une pièce dont il a refermé la porte. J'ai eu peur et je suis descendu...

— Sans chercher à savoir ce qu'était devenu Gros Louis?

— Oui.

— Vous êtes parti tout de suite?

— Non. Je suis resté au rez-de-chaussée, à tendre l'oreille, pendant que vous montiez.

— Si bien qu'en dehors de vous il y avait un autre personnage dans la maison?

— J'ai dit la vérité!

Puis, volubile :

— J'étais venu vous demander, au cas où il ne

serait pas déjà trop tard, de ne pas déclarer que j'étais ici. Ma mère a eu déjà assez de malheur ainsi... C'est sur nous que tout retombera... Nous ne sommes pas riches...

Loursat ne bougeait pas, et l'éclairage d'une lampe posée sur le bureau le sertissait dans l'ombre, le faisait paraître plus épais, plus massif.

— Je voulais vous dire aussi...

Émile Manu, le nez mouillé, renifla, baissa la tête, la redressa avec une vivacité qui contenait un nouveau défi.

— Je comptais vous demander la main de Nicole... Si tout cela n'était pas arrivé, je me serais arrangé pour que ma situation...

Toujours l'argent, toujours sa situation, toujours ce complexe d'infériorité qui l'écrasait et contre lequel il luttait maladroitement, au point d'en devenir agressif !

— Vous comptiez quitter la librairie Georges ?

— Vous ne croyez pas que je resterai commis toute ma vie ?

— Évidemment !... Évidemment !... Vous seriez sans doute allé à Paris...

— Oui !

— Vous auriez fait des affaires ?

L'autre perçut l'ironie.

— Je ne sais pas si j'aurais fait des affaires, mais je me serais aussi bien débrouillé qu'un autre...

Ça y était ! Il sanglotait, l'idiot ! C'était la faute à Loursat qui n'avait pas su s'y prendre et qui le regardait avec de gros yeux ennuyés où il y avait malgré lui de la pitié.

— J'aime Nicole... Elle m'aime...

— J'ai tout lieu de le penser, puisqu'elle vous reçoit la nuit dans sa chambre.

Loursat ne pouvait pas se retenir. C'était plus fort que lui. Et pourtant il se rendait compte que, pour un jeune homme, il devait paraître terrible, dans l'atmosphère déjà impressionnante de son bureau.

— Nous avions juré de nous marier...

A force de fouiller toutes ses poches il y avait enfin trouvé un mouchoir, et il pouvait s'essuyer les yeux, se moucher, renifler à nouveau avant de lever la tête.

— Depuis quand connaissez-vous Nicole?

— Depuis très longtemps... Elle venait souvent à la librairie échanger ses livres...

— C'est ainsi que vous êtes entrés en relations?

— Non... Je n'étais qu'un employé!

Encore! Combien la médiocrité de sa situation avait dû l'étouffer!

— En outre, ma mère me parlait d'elle... Elle venait ici... C'est en donnant des leçons de piano qu'elle m'a élevé après la mort de mon père... Elle m'en parlait surtout parce que, la plupart du temps, les leçons n'avaient pas lieu... A onze heures du matin, Nicole dormait encore...

Par moments, comme c'était le cas, il semblait capable de parler paisiblement, de laisser couler ses confidences.

— C'est Luska qui m'a proposé de me présenter à la bande...

— Qui est Luska?

— Vous ne connaissez pas le magasin du père Luska? En face de l'école des garçons... On vend des jouets, des billes, des bonbons, des cannes à pêche... Le fils est vendeur au Prisunic...

Pourquoi l'évocation de l'école des garçons et d'un marchand de billes faisait-elle détourner la tête à Loursat? De son temps il n'y avait pas de magasin Luska; mais une bonne femme, la mère Pinaud, étalait ses berlingots et son jujube sur une petite table en face de l'école...

Si le jeune homme n'avait pas été là, Loursat serait peut-être allé se regarder dans la glace, car il était presque étonné de sentir son visage couvert de poils drus.

— Alors, Luska vous a présenté à qui? Où?

— Chez Jo!

— Qui est Jo?

— Un ancien boxeur qui tient le *Boxing Bar* près du marché...

Le plus troublant, c'était de vivre cette heure-là sur deux plans différents. Loursat était là, évidemment, assis devant son bureau, ses hanches épaisses emplissant tout le fauteuil, ses doigts mal soignés fouinant dans sa barbe. Et il y avait la bouteille de vin à sa droite, le poêle derrière lui, les livres le long des murs, tous les objets familiers à leur place.

Seulement, pour la première fois, il avait conscience d'être là, d'être Loursat, d'avoir quarante-huit ans et d'être aussi épais, aussi barbu, aussi sale! Il écoutait la voix tantôt hésitante et tantôt rapide du jeune homme qu'il ne regardait plus qu'à la dérobée.

« J'ai été aussi maigre que lui... » se disait-il alors.

Mais lui n'avait guère d'amis. Il vivait seul, s'exaltant pour des idées, pour des philosophes et des poètes. Peut-être était-ce de là qu'était venu tout le mal? Il essayait de se revoir comme il était, de se revoir surtout en face de Geneviève quand il lui avait fait sa cour.

Et pendant ce temps-là, Émile Manu, qui ne pouvait pas deviner dans quels espaces errait l'esprit de son interlocuteur, récitait avec application :

— J'y suis allé et c'est ce soir-là qu'il y a eu l'accident. Je ne suis pas chanceux! C'est dans la famille! Mon père est mort à trente-deux ans...

Loursat fut le plus surpris de s'entendre questionner :

— De quoi?

— D'une pneumonie attrapée un dimanche que nous étions allés à un meeting d'aviation et qu'il s'était mis à pleuvoir...

Qui donc était mort de pneumonie aussi? Le frère de Geneviève, mais plus jeune encore, lui, à vingt-quatre ans, peu de semaines après le mariage de Loursat.

Il ne trouvait plus de cigarettes sur le bureau et cela le contrariait. Il lui semblait qu'entre l'époque de Geneviève et aujourd'hui il y avait non pas un trou, mais une stagnation malpropre, une mare dans laquelle il pataugeait encore.

Mais non, sacrebleu! Où ce jeune homme, ce gamin nerveux, raidi d'orgueil, l'entraînait-il?

— Vous avez pris une auto qui ne vous appartenait pas?

— Edmond m'a dit que c'est ainsi qu'ils faisaient quand Daillat ne disposait pas de la camionnette...

— Ah! Parce que, d'habitude, les balades se faisaient dans la camionnette du charcutier?

— Oui! Comme le garage est assez loin de la maison, son père ne savait pas qu'on la prenait...

— En somme, les parents ne savaient rien! Qu'est-ce que vous faisiez, chez Jo?

— Edmond m'a appris à jouer à l'écarté et au poker...

Encore une, sa sœur Marthe, qui ferait un drôle de nez quand elle apprendrait tout cela de son fils! C'était même le cas d'Edmond Dossin le plus ahurissant : un grand garçon fragile, aux pommettes roses, aux yeux de fille, toujours aux petits soins pour sa mère malade!

— Edmond était le chef?

— A peu près... Il n'y avait pas de chef à proprement parler, mais...

— J'ai compris!

— Comme j'étais nouveau, ils m'ont fait boire. Puis on m'a parlé d'aller en auto à l'*Auberge aux Noyés*...

— Nicole vous accompagnait, bien entendu?

— Oui.

— Avec qui était-elle plus particulièrement? Car enfin, je suppose...

Émile piquait un fard.

— Je ne sais pas... Je le croyais aussi... Après,

il m'a juré sur la tête de sa mère qu'il n'y avait rien entre eux...

— Qui?

— Dossin... C'était un jeu... Ils le laissaient croire tous les deux aux gens... Ils le faisaient exprès de parler et de se tenir comme s'ils étaient ensemble...

— Vous avez pris une auto au hasard?

— Oui... J'ai mon permis... Cela peut servir... Comme nous n'avons pas de voiture, je manque de pratique... Il pleuvait... Pour revenir...

— Un instant! Qu'avez-vous fait dans cette auberge?

— Rien... C'était fermé quand on est arrivé... C'est une sorte de guinguette au bord de l'eau... La patronne s'est levée et a fait lever ses filles...

— Car il y a des filles!

— Deux... Éva et Clara... Je ne pense pas que ce soit ce que vous croyez... J'en avais eu l'idée aussi... Edmond essayait de me le faire croire... On a dansé au son d'un phono... Il n'y avait plus à boire que de la bière et du vin blanc... Enfin, on a décidé de...

— De continuer ici!

— Oui.

Extérieurement, l'attitude de Loursat n'avait pas changé, et pourtant Émile sentait que désormais il pouvait tout dire.

— Je ne sais pas comment l'accident est arrivé... Au *Boxing*, déjà, ils m'avaient fait boire un mélange... A l'auberge, j'avais pris du vin blanc... Quand j'ai voulu m'arrêter, il était trop tard... J'ai vomi... C'est Daillat qui s'est mis au volant et je crois bien qu'il a fallu qu'on m'aide à monter...

— A monter là-haut?

— Oui... J'ai dormi... Je me suis réveillé à quatre heures du matin, alors que le docteur était déjà parti...

— Et Nicole?

— Elle me veillait. Les autres étaient rentrés chez eux, sauf Gros Louis installé dans le lit et qui nous regardait... J'avais honte... J'ai demandé pardon à Nicole et à cet homme que je ne connaissais pas encore...

Il se leva une fois de plus, se demandait s'il n'avait pas tort de tant parler, si l'avocat ne lui tendait pas un piège.

Aussi, passant brusquement d'une idée à une autre, prononça-t-il d'un ton catégorique :

— Si la police essaie de m'arrêter, je me tuerai avant!

Qu'est-ce que cela venait faire dans sa confession? Pourquoi poursuivait-il, à nouveau crispé :

— Je ne sais pas ce que je suis venu faire. Peut-être est-ce une bêtise?... Avant de partir, pourtant, je veux encore vous demander si vous m'autorisez à dire un mot à Nicole...

— Asseyez-vous!

— Je ne peux plus... Je vous demande pardon, mais j'ai passé une journée horrible. Ma mère ne se doute de rien... Et cependant, depuis quinze jours, elle est inquiète, parce que je rentre à des heures irrégulières... Est-ce ma faute, à moi?

Espérait-il que Loursat allait le remonter? On l'aurait cru. Et ce n'était pas du cynisme. Il ne le faisait pas exprès! Il ne voyait que lui, rien que lui, ou plutôt lui et Nicole, mais c'était la même chose, car Nicole n'existait qu'en fonction de lui!

Est-ce que Loursat, quand sa femme était partie...

L'homme retrouva son geste familier pour vider un grand verre de vin; et il se demanda pourquoi, à l'occasion de ces histoires de gamins, il avait tant pensé à lui-même. Il s'en avisait seulement. Depuis une heure, c'était à lui qu'il pensait bien plus qu'à Émile, à Nicole et à leurs camarades. Il mélangeait le tout, comme si des liens eussent pu exister entre les événements d'aujourd'hui et ceux de jadis.

Aucun rapport! Aucune ressemblance! Il n'était pas pauvre comme Manu, ni juif comme Luska, ni maladif comme son neveu Dossin. Il ne fréquentait pas le *Boxing Bar* et ne s'amusait pas à faire passer sa cousine pour sa maîtresse.

Entre lui et eux, il n'y avait pas seulement l'écart d'une génération.

Lui, c'était un solitaire! Voilà la vérité qu'il cherchait! Tout jeune, il était déjà un solitaire, par orgueil. Il avait cru qu'on pouvait être solitaire à deux! Puis, quand un jour il avait retrouvé la maison vide...

Pourquoi donc cela le gênait-il tellement de sentir sa barbe rêche sous ses doigts?

Allait-il s'avouer qu'il était en proie à un sentiment qui ressemblait terriblement à de l'humiliation?

Parce qu'il avait quarante-huit ans? Parce

qu'il était négligé, presque sale? Parce qu'il buvait?

Il ne voulait plus y penser. Déjà par deux fois il avait entendu la cloche du dîner et il ne s'en était pas inquiété.

Des pas résonnaient dans le long corridor. Le bouton de la porte tournait. La personne qui voulait entrer se ravisait et frappait.

— Qu'est-ce que c'est?

— C'est moi.

La voix égale de Nicole. Loursat ouvrit la porte. Il ne s'étonnait pas que sa fille connaissait la présence de Manu, car la Naine n'avait pas manqué de lui en parler.

C'est pour cela, parbleu, qu'elle était aussi calme, ses cheveux blonds lissés avec soin, lourds sur la nuque, son teint mat, son regard quiet!

— Je ne voulais pas vous déranger...

Et, s'avançant vers le jeune homme, la main tendue :

— Bonsoir, Émile.

C'était lui, à tout prendre, qui finissait par avoir l'air d'être de trop!

— Bonsoir, Nicole! J'ai tout avoué à ton père...

— Tu as bien fait.

Ils se tutoyaient! La Naine, revêche envers tout le monde, l'appelait M. Émile. C'étaient eux, dans la maison, qui se connaissaient! C'étaient eux qui formaient bloc! C'étaient eux, la famille!

Et c'était à Émile que la jeune fille demandait :

— Vous avez décidé quelque chose?

Loursat leur tourna le dos, pas assez sûr de son visage, peu désireux de leur donner un gage d'infériorité. Alors, il n'eut que la ressource de se servir à boire. Pourquoi son geste les dégoûtait-il? Est-ce qu'ils ne buvaient pas, eux? Est-ce que la grande préoccupation de leur bande n'était pas de s'enivrer en jouant du phono et en dansant?

Allait-il se chercher des excuses? Personne ne l'avait attaqué! Il ne savait même pas, puisqu'il leur tournait le dos, s'ils manifestaient du dégoût ou seulement de la réprobation.

La vérité...

Eh bien! oui, la vérité, il était forcé de l'admettre, ce qui le gênait, ce qui, depuis tout à l'heure, peut-être depuis le matin, peut-être depuis longtemps, ce qui finissait par créer une sorte d'angoisse et par avoir la fade saveur de la honte, c'était d'être seul!

Seul dans le temps et dans l'espace! Seul avec lui-même, avec un gros corps pas soigné, une barbe mal coupée, de gros yeux d'hépatique, seul avec des pensées qui avaient fini par rancir et avec du bourgogne qui souvent l'écœurait.

Quand il se retourna, il avait sa méchante moue.

— Qu'est-ce que vous attendez?

Ils ne savaient pas, les pauvres! Émile perdait l'équilibre, se raccrochait au calme de Nicole.

— Je peux le reconduire jusqu'en bas? questionnait celle-ci.

Il ne répondit pas, haussa les épaules.

Et ils n'avaient pas fait dix pas dans le

corridor qu'il s'avançait vers la cheminée pour se
regarder dans la glace.

*

— Allô!... C'est vous, Hector?

Encore l'Emmerdeuse!

— Je suis folle d'inquiétude... Vous ne voulez
pas venir un instant?... Charles est à Paris pour
affaires... J'ai essayé de lui expliquer la situation
par téléphone, mais il ne peut être ici avant
demain...

Calme absolu de Loursat. Sa sœur se serait
tordue d'angoisse à ses pieds qu'il n'aurait sans
doute pas bronché. Quant à son beau-frère
parfumé qui, à cette heure, devait dîner en
cabinet particulier avec de jolies femmes!...

— Ecoutez!... Edmond n'est pas rentré... J'ose
à peine parler de cela au téléphone... Vous ne
pensez pas qu'on nous écoute?

Il ne répondit pas, exprès!

— Il est toujours chez le juge... Ducup vient
de m'appeler... C'est-à-dire que je lui avais fait
demander par Rogissart de me tenir au courant.

« Il paraît que l'interrogatoire n'est pas ter-
miné... Ducup ne m'a pas donné de détails, mais
il laisse entendre que c'est beaucoup plus grave
qu'il n'avait cru et qu'il sera difficile d'étouffer
l'affaire... »

— Et après? fit-il de sa voix la plus graillon-
neuse.

— Mais, Hector...

— Quoi?

— C'est dans votre maison que tout s'est passé. C'est Nicole qui... Enfin, si vous l'aviez surveillée... Pardonnez-moi!... Non! Ce n'est pas ce que j'ai voulu dire... Je suis malade d'inquiétude, comprenez-vous? J'ai dû me coucher et je viens d'appeler le docteur...

Comme elle le faisait mander trois ou quatre fois par semaine, pour rien, parce qu'elle avait des vapeurs ou qu'elle s'ennuyait...

La maladie, c'était pour elle ce que le vin rouge était pour son frère!

— Écoutez, Hector... Faites un effort... Venez me voir tout à l'heure... Ou plutôt si vous étiez gentil...

— Je ne suis pas gentil!

— Taisez-vous! Je sais que vous n'êtes pas comme ça! Je ne peux pourtant pas aller au Palais de Justice dans l'état où je me trouve! Passez prendre Edmond si on en a fini avec lui. J'ai si peur qu'il fasse des bêtises!... Ramenez-le-moi... Vous me donnerez un conseil... Vous lui en donnerez surtout à lui...

Répondit-il oui ou non? Il grogna, en tout cas. Il raccrocha et se retrouva debout devant son bureau, fronça les sourcils parce que ça sentait l'étranger.

Nicole, en partant, avait laissé la porte ouverte. Il longea le corridor, pénétra dans la salle à manger, trouva sa fille à sa place.

Elle se leva comme à un signal, ouvrit la trappe du monte-plats.

— Le potage, Fine!

Elle évitait de le regarder. Que pouvait-elle penser de lui? Qu'est-ce que Manu lui avait dit sur le seuil où elle l'avait reconduit? Quel goût avait eu leur étreinte?

Il était las, tout à coup. Sa chair était triste, comme le matin avant ses premiers verres de vin.

— C'est de la soupe à quoi? questionna-t-il.

— Aux pois cassés.

— Dans ce cas, pourquoi n'y a-t-il pas de croûtons?

Fine avait oublié! On ne servait jamais la soupe aux pois cassés sans croûtons! Il s'emballa là-dessus!

— Évidemment, si elle court la ville pour porter des billets à tous les jeunes gens, elle ne peut pas s'occuper de la cuisine! Et, bien entendu, on n'a pas cherché une nouvelle bonne!

Il vit des yeux étonnés. Il ne se rendait pas compte que c'était la première fois depuis des années qu'il s'occupait de ces choses.

— J'en ai trouvé une qui viendra demain matin.

Il en fut presque furieux. Ainsi, malgré tout ce qui s'était passé, malgré l'interrogatoire, les lettres d'avertissement qu'elle avait écrites, malgré la police dans la maison, malgré... malgré tout, quoi! elle s'était inquiétée de remplacer Angèle!

— D'où sort-elle? demanda-t-il, méfiant.

— Du couvent.

— Hein? Quoi?

— Elle était domestique dans un couvent.

93

Maintenant elle est fiancée... Elle s'appelle Éléonore...

Il ne pouvait quand même pas piquer une colère parce que la bonne qu'on avait engagée s'appelait Éléonore !

Il mangea sa soupe. Il en était à la moitié de son assiette quand il s'aperçut qu'il mangeait bruyamment, en penchant la tête, en aspirant, comme les enfants mal élevés et les paysans.

Il jeta un coup d'œil en coin à sa fille. Elle ne le regardait pas. Elle avait l'habitude ! Elle mangeait bien sagement, en pensant à autre chose.

Alors, très vite, il plongea le nez dans son assiette, parce que, sans raison, il lui arrivait quelque chose d'idiot, de parfaitement idiot, quelque chose qu'il ne comprenait pas, qui n'avait aucune raison d'être : ses yeux picotaient, son visage se boursouflait.

Il devait avoir une jolie expression, oui !

Mais aussi, qu'est-ce que tous ces sales gosses...

— Où allez-vous, père ?

Elle disait père ! Pas papa, bien sûr ! Il n'eût plus manqué que cela ! Il était dans l'impossibilité de répondre tout de suite. Sa serviette jetée sur sa chaise, il se dirigeait vers la porte.

Et il l'atteignait quand il put grommeler :

— Chez tante Marthe !

Ouf !...

Le plus fort, c'est qu'il endossait vraiment son pardessus pour y aller !

V

Il avait l'impression de descendre dans la vie. Il faisait des gestes qu'il avait oubliés — ou qu'il faisait peut-être encore, mais sans s'en rendre compte — comme de relever frileusement le col de son pardessus, d'enfoncer les mains dans les poches en savourant le froid et la pluie, le mystère des rues pétillantes de reflets.

D'autres gens, à cette heure, circulaient encore dans la ville, et il lui arriva de se demander où ils allaient. Depuis combien de temps ne lui était-il pas arrivé de sortir le soir? Rue d'Allier, il y avait des lumières nouvelles et le cinéma n'était pas à la même place que l'ancien, qui annonçait ses spectacles par une sonnerie continuelle.

Loursat marchait vite. Ses regards sur les êtres et les choses n'étaient encore que furtifs, comme honteux. Il ne cédait pas d'un seul coup. Il grognait. Et quand il sonna à la porte de verre et de fer forgé des Dossin il retrouva toute sa hargne pour toiser le maître d'hôtel en veste blanche de barman qui voulait lui retirer son vêtement.

95

— Où est ma sœur?

— Madame est dans le petit boudoir. Si Monsieur veut se donner la peine de me suivre.

Et s'il l'avait fait exprès de ne pas essuyer ses pieds, pour protester contre ce hall tout blanc, contre tout ce neuf, ce moderne, ce tape à l'œil? Il ne le fit pas, mais il y pensa. Puis, allumant une cigarette, il jeta son allumette par terre.

— Entrez, Hector... Fermez la porte, Joseph... Si M. Edmond rentrait, demandez-lui de venir me voir aussitôt...

Déjà il était hérissé de tout son poil, comme un porc-épic. Il n'aimait pas sa sœur et pourtant elle ne lui avait jamais rien fait. Il lui en voulait d'être dolente, vêtue de pâle, d'une molle et tiède élégance, peut-être aussi d'être la femme de Dossin, d'habiter cet hôtel, d'avoir des domestiques stylés.

Ce n'était pas de la jalousie. Il devait être aussi riche qu'elle.

— Asseyez-vous, Hector... C'est gentil à vous d'être venu... Vous n'êtes pas passé par le Palais?... Qu'est-ce que vous savez au juste?... Qu'est-ce que Nicole vous a dit?... Vous l'avez fait parler, n'est-ce pas?

— Je ne sais rien du tout, sinon qu'ils ont tué un homme dans ma maison...

Il était en train de se demander pourquoi il en voulait tellement aux Dossin, et il ne trouvait pas de réponse satisfaisante. Il les méprisait, certes, à cause de leur vanité, de cet hôtel qu'ils avaient fait construire et qui était devenu leur raison d'être. Dossin, avec ses moustaches toujours parfumées de liqueurs ou de petite femme, était pour lui le type même de l'imbécile heureux.

— Vous ne voulez pas dire, Hector, que ce sont les enfants qui...

— Cela m'en a tout l'air...

Elle se leva malgré son mal — c'était au ventre qu'elle était atteinte depuis la naissance d'Edmond.

— Vous êtes fou? Ou alors, si c'est une plaisanterie, vous êtes odieux. Vous savez que je tremble. Je vous ai téléphoné parce que je ne pouvais plus supporter seule mon angoisse. Vous accourez! J'aurais dû m'en étonner! Et c'est pour me déclarer cyniquement que nos enfants ont...

— Vous m'avez demandé la vérité, n'est-ce pas?

En somme, si rien n'était arrivé jadis, sa femme, maintenant, car il aurait une femme, aurait à peu près l'âge de Marthe. Auraient-ils cédé au courant qui, les dernières années, avait poussé quelques grandes familles de Moulins à faire construire des habitations neuves?

C'était difficile à dire. En outre, il pensait à trop de choses à la fois en regardant sa sœur. Il se rendait surtout compte qu'il lui était impossible de se figurer ce qu'il serait, marié, avec peut-être d'autres enfants, ni ce qu'il aurait fait pendant tant d'années.

— Écoutez, Hector! Je sais que vous n'êtes pas toujours dans votre état normal. J'ignore si vous avez bu aujourd'hui. Il faut que vous vous rendiez compte que ce n'est pas le moment de vous enfermer dans votre sale bureau! Ce qui arrive c'est un peu par votre faute. Si vous aviez élevé votre fille comme il se doit...

— Dites donc, Marthe! C'est pour m'engueuler que vous m'avez appelé?

— S'il est nécessaire de vous faire comprendre votre devoir!... Ces enfants sont irresponsables... Dans une maison comme une autre, ils n'auraient pas pu s'introduire la nuit et se livrer à leurs fantaisies... Savez-vous ce que je me demande? Si vous ignoriez vraiment ce qui se passait!... Et à présent vous ne bronchez pas... Vous êtes avocat... Au Palais, on vous plaint, mais on vous respecte, malgré tout...

Elle avait dit « malgré tout »! Et qu'on le plaignait!

— J'ignore si Nicole tient de sa mère, mais...

— Marthe!

— Quoi!

— Viens ici...

— Pourquoi?

Pour la gifler! Il le fit, aussi étonné qu'elle de son geste. Il gronda :

— Tu as compris?

Alors qu'il ne l'avait jamais tutoyée, sinon quand ils étaient tout petits.

— Je ne m'occupe pas de ton mari, ni...

Il s'arrêta net. Il était temps. Était-il possible que lui qui les méprisait tous, les uns comme les autres, lui qui avait eu la force de vivre seul dans son coin, dans son trou, pendant dix-huit années, en vînt à de tels arguments? A crier, en somme, à sa sœur, que son mari, s'il était sans cesse en voyage, ne faisait que la tromper, que toute la ville le savait, qu'elle le savait elle-même et qu'on attribuait sa mauvaise santé et celle de son fils à une vieille maladie spécifique?

Il chercha en vain son chapeau que le maître d'hôtel lui avait pris. Elle pleurait. Il était difficile de s'imaginer qu'ils avaient tous les deux plus de quarante ans, qu'ils étaient par conséquent ce qu'on appelle des personnes raisonnables.

— Vous partez?

— Oui.

— Vous n'attendez pas Edmond?

— Il n'a qu'à venir me voir chez moi demain matin s'il y a du nouveau.

— Vous avez bu, n'est-ce pas?

— Non!

Seulement, il était irrité; et ce qui l'irritait, si on allait au fond des choses, c'était cette question qu'il se posait pour la première fois :

« Pourquoi, pendant dix-huit ans, ai-je vécu comme un ours? »

Il en arrivait à se demander si c'était réellement à cause de Geneviève, parce qu'elle était partie avec un autre et qu'il souffrait.

Est-ce que sa chambre d'étudiant, à Paris, ne présentait pas le même désordre et la même intimité douteuse que son bureau d'aujourd'hui? Déjà alors il passait des heures à grignoter des bouquins, à mâcher les poètes et les philosophes en respirant avec une volupté un peu honteuse sa propre odeur.

Dans le hall, il arracha son chapeau des mains

du maître d'hôtel, se retourna pour le toiser, se demanda :

— Qu'est-ce qu'il pense, celui-là?

La vérité, c'est qu'il n'avait jamais essayé de vivre. Il s'en était rendu compte quand, tout à l'heure, il était descendu en ville, et, le plus grave, c'est qu'il y retournait à nouveau, qu'il n'avait pas envie de rentrer chez lui.

De même qu'il avait épié le maître d'hôtel, il se retournait sur des ombres, sur les silhouettes furtives de la nuit à qui le mouillé donnait plus de mystère.

Qu'est-ce que sa sœur se figurait? Pas la vérité, à coup sûr! On le plaignait, elle l'avait dit! On le considérait comme un original, comme un malheureux, pourquoi pas comme un déchu?

Et lui les détestait tous, les méprisait! Les Ducup, les Dossin, les Rogissart et tous les autres qui croyaient qu'ils vivaient parce que...

Son pardessus sentait la laine détrempée et des perles d'eau tremblaient aux poils de sa barbe. Comme il descendait la rue d'Allier en rasant les maisons, sans savoir pourquoi, il se fit l'effet d'un monsieur d'un certain âge qui se rend furtivement dans un mauvais lieu.

Il passa devant une brasserie. Les vitres étaient embuées; mais, dans la fumée, on voyait cependant des hommes qui jouaient au billard, d'autres qui jouaient aux cartes; et Loursat pensa qu'il n'avait jamais été capable de s'incruster ainsi dans la quiétude des autres. Il envia ces hommes. Il envia tout ce qui vivait autour de lui, ces inconnus qui marchaient et qui allaient quelque part.

Et Émile Manu! Vibrant comme un câble tendu, crispé, si nerveux que c'était éreintant de suivre les transformations successives de son visage, parlant de son amour, et de la mort, défiant Loursat, le suppliant, l'observant, à nouveau prêt à la menace!

Ils avaient passé, lui et ses camarades, dans ces rues, à des heures pareilles. Et Nicole avec eux! Ils créaient jour par jour, heure par heure, leur propre aventure.

Pendant ce temps-là, les parents faisaient semblant de vivre, ornaient des maisons, se préoccupaient de la tenue des domestiques, de la qualité des cocktails, de la réussite d'un dîner ou d'un bridge.

Est-ce que Marthe ne parlait pas de son fils? Le connaissait-elle donc? Pas le moins du monde! Pas plus que, la veille, Loursat ne connaissait Nicole!

Arrivé au seuil du *Boxing Bar*, il n'hésita pas, poussa la porte et secoua son pardessus couvert d'eau.

La petite pièce à lumière tamisée était presque vide. Un chat dormait sur une table. Le patron jouait aux cartes avec deux femmes, près du comptoir, deux femmes qui appartenaient manifestement à la race souterraine qu'on rencontre la nuit dans les rues.

Il ne s'était jamais avisé qu'il en existait à Moulins. Il s'assit, croisa les jambes. Jo, posant sa cigarette et ses cartes, se leva et vint vers lui.

— Qu'est-ce que je vous sers?

Il commanda un grog. Jo mit l'eau à chauffer sur un réchaud et, pendant ce temps, observa son client à la dérobée. Les deux femmes le regardaient aussi, en fumant leur cigarette. L'une d'elles allait peut-être essayer de le séduire, mais Jo lui fit signe que c'était inutile.

Le chat ronronnait. Il faisait très calme. Dehors il ne passait personne.

— Vous voudriez peut-être causer un instant, M. Loursat? dit Jo en posant enfin le grog sur la table.

— Vous me connaissez?

— Déjà quand vous êtes venu cet après-midi, j'ai pensé que c'était vous. J'ai entendu parler, vous comprenez?

Et il regardait machinalement vers une table de coin, celle où d'habitude devaient se tenir les jeunes gens.

— Vous permettez?

Il s'assit. Les deux femmes attendaient, résignées.

— Cela m'étonne que la police ne soit pas encore venue me questionner. Remarquez que je ne suis pour rien dans tout ça! Au contraire, s'il y a eu quelqu'un pour les calmer, c'était moi! Mais vous savez comment ça va à cet âge-là...

Il était à son aise, capable de la même désinvolture devant le juge d'instruction ou à la cour d'assises.

— Sans compter qu'ils en racontaient beaucoup plus qu'ils n'en faisaient!... Voulez-vous mon idée?... C'est les gangsters de cinéma qui leur tournaient la tête... Alors, ils prenaient des airs affranchis et jouaient aux réguliers...

« Mais si vous vous êtes mis dans la tête que j'y suis pour si peu que ce soit, vous vous trompez... Est-ce que je n'ai pas raison? »

Il élevait la voix pour s'adresser aux deux femmes.

— Qu'est-ce que je vous ai dit, vous autres?... N'ai-je pas annoncé qu'un jour ou l'autre ça m'attirerait des ennuis?

« N'empêche que quand ils en avaient leur compte je refusais de leur servir à boire... L'autre soir, quand le petit est venu, le nouveau, Émile, et qu'il voulait à toutes forces que je lui prête de l'argent sur une montre... je lui ai donné vingt francs, mais je n'ai pas voulu la montre...

« Vous comprenez qu'à mon âge... »

Il était intrigué par le personnage de Loursat, qui ne devait pas correspondre tout à fait à ce qu'il avait imaginé. Qu'est-ce que les gamins avaient raconté de lui? Sans doute l'avaient-ils présenté comme un ivrogne complètement abruti?

Jo souriait, déjà plus familier.

— Ce qui m'a toujours épaté, c'est que vous n'entendiez rien... Certaines nuits que ça durait jusqu'à des cinq heures du matin... Je me suis même demandé...

— Qu'est-ce que vous prenez?

Il esquissa un clin d'œil. Pour un peu, il eût donné un coup de coude à Loursat, et celui-ci ne s'en serait pas montré vexé, au contraire!

— Ce sera une petite menthe verte... Vous remettez ça?

Et passant près des filles, il leur adressa une œillade. L'une d'elles se leva, tira sur sa robe et, à travers celle-ci, sur son pantalon qui la serrait entre les fesses.

— Je vais faire un tour, annonça-t-elle.

Un peu plus tard ils étaient seuls, Loursat et le boxeur, dans le calme sirupeux du bar.

— Voulez-vous que je vous donne mon avis? Je suis peut-être un peu mieux placé qu'un autre pour le savoir. Ils ne me faisaient pas de confidences, parce que je n'aurais pas aimé ça... Mais il en venait presque chaque soir... Je les entendais causer, sans en avoir l'air... Tenez! votre demoiselle, je parie qu'il n'y avait rien entre elle et M. Edmond... Je vais plus loin! Je suis persuadé que M. Edmond ne s'intéresse pas aux femmes... J'en ai connu comme ça... Il n'était pas fort... Je jurerais que c'est un timide... Et les timides, ça crâne...

« Quant au petit... »

Le petit, c'était Émile Manu, et il ne déplaisait pas à Loursat d'en entendre parler avec sympathie.

— Déjà le premier soir, je lui aurais bien conseillé de s'en aller... Comme l'autre, Luska qu'ils l'appellent, qui travaille toute la journée dehors, sur le trottoir de Prisunic... Vous devez me comprendre... M. Edmond, lui, et un autre qui est venu de temps en temps et dont j'ai oublié le nom, le fils d'un entrepreneur, ça pouvait se lever le matin à n'importe quelle heure... Puis, s'il arrive un coup dur, les parents sont toujours là...

« Mais quand je vois des jeunes pas trop nourris, qu'on sent que dans leur maison on compte sou par sou...

« Ils veulent en faire autant et plus que les autres... Celui-là n'avait sûrement jamais bu un verre d'alcool et ça se voyait à sa tête...

« Ils ne sont pas venus le lendemain, mais M. Edmond m'a raconté deux jours plus tard qu'ils avaient renversé un homme et qu'on le soignait dans votre maison...

« — Si vous voulez m'en croire, que je leur ai déclaré, vous irez à la police et... »

Il fallait parfois à Loursat un effort pour se persuader que c'était lui qui était là, à écouter, à souhaiter d'en entendre encore, voire à poser des questions.

— Vous connaissiez Gros Louis?

— Moi, non! Mais j'en ai entendu parler. Et j'ai tout de suite compris. Un type pas franc, comme la plupart de ces voyous de la campagne. De ces vagabonds capables d'étrangler une petite fille s'ils la trouvent seule au coin d'un bois ou de s'attaquer à des vieillards pour leurs économies... Vous devez connaître ça mieux que moi, puisque vous êtes avocat... Le tort qu'ils ont eu, c'est de s'affoler et de ne pas le laisser au bord de la route...

« Quand il s'est vu chez vous, dans un hôtel particulier, avec les jeunes gens effrayés et votre fille qui le soignait comme une infirmière, vous pensez qu'il a voulu en profiter!...

« C'était le filon!

« Maintenant, pour ce qu'il leur a fait faire... »

Il tendit ses cigarettes comme quelqu'un de pas fier, donna du feu.

— Tout ce que je peux vous dire, c'est que les autres en avaient gros sur le cœur... Ils ne s'amusaient plus comme avant... Parfois je les entendais chuchoter et ils se taisaient dès que je m'approchais...

« Seulement, n'est-ce pas? cela ne me regardait pas...

« Quant à savoir comment ils comptaient s'en débarrasser... Car enfin, ils ne pouvaient pas laisser le cadavre dans votre maison... Il fallait tout au moins le transporter jusqu'à la rivière...

« Tenez! j'aime mieux vous avouer une chose. Pas plus tard qu'à midi, M. Edmond est venu en sortant de son cours. Il était plus pâle encore que d'habitude, avec des yeux cernés d'accouchée. Au point que j'hésitais à lui servir à boire.

« — Il y en a un qui a fait l'idiot! m'a-t-il jeté. Ces crétins-là, ça prend tout au sérieux.

« Je l'ai regardé dans l'espoir qu'il continuerait. Mais il paraissait pressé.

« — On va être dans les ennuis jusqu'au cou! a-t-il soupiré au moment de partir. Avec ma mère, ça ne sera pas rigolo... »

La Naine, parlant de Manu, disait : « M. Émile », sur un ton d'affection.

Jo le Boxeur, parlant de Dossin, disait : « M. Edmond », peut-être parce qu'il était le fils du riche constructeur de machines agricoles, peut-être aussi parce qu'il lui paraissait être le chef et parce que c'était le plus souvent lui qui payait?

Loursat entrait là-dedans comme dans un livre. Il fouinait, s'emparait avec avidité de la moindre parcelle de vérité.

Jo s'était tellement habitué à lui, à cette grosse tête velue aux yeux glauques, qu'il se levait en annonçant :

— Vous me permettrez bien d'offrir l'autre tournée !

Il la servait d'autorité, se rasseyant, sans aucune gêne.

— Cet après-midi, je pensais que vous alliez me questionner. Puis j'ai réfléchi qu'avec les jeunes gens qu'il y a dans le coup l'affaire s'arrangerait... Cependant, il paraît qu'on a appelé M. Edmond au Palais de Justice...

— Qui vous l'a dit ?

— Celui qui est dans la banque... Comment s'appelle-t-il donc ?... Destrivaux, je crois... Je n'ai jamais compris ce qu'il faisait parmi les autres... Vous le connaissez ?

— Non.

— Un grand maigre... Évidemment, à cet âge, ils sont tous plus ou moins maigres, sauf le charcutier... Mais un maigre d'un genre à part, avec des lunettes, des cheveux partagés par une raie, un air tellement comme il faut et tellement timide qu'il me tapait sur le système... Il paraît que son père est caissier dans la même banque depuis trente ans... Je vous laisse à penser au foin que cela va faire !... Il est dans tous ses états...

— Le père ?

— Non ! le fils... Il est venu à vélo, à la

107

fermeture des bureaux... Je crois qu'il avait reçu un billet...

Le billet de Nicole, parbleu! Elle n'avait oublié personne et la Naine avait galopé dans toute la ville!

— ... Il n'osait plus rentrer chez lui... Il m'a demandé, avec l'air de ne pas y toucher, si, à Paris, la police retrouvait facilement quelqu'un... Je lui ai dit de ne pas faire ça, que cela n'irait jamais chercher que quelques mois...

Peut-être eut-il soudain une inquiétude devant le calme trop absolu de Loursat?

— C'est vous qui allez vous en occuper, dites donc? Il paraît que quand vous plaidez on le sent passer, mais que ce n'est pas souvent. En tout cas, si vous avez besoin de mon témoignage... J'ai eu des ennuis dans le temps, comme un chacun, mais depuis la dernière amnistie, mon casier judiciaire est vierge... Ils n'ont même plus le droit d'en parler!...

Loursat ne se décidait pas à partir. Il s'en voulait d'être là, d'écouter, et pourtant il était aussi surexcité qu'un enfant à qui on raconte une histoire et qui ne la trouve jamais assez longue.

— Qu'est-ce que c'est, leur *Auberge aux Noyés*? questionna-t-il en résistant au désir de commander un quatrième verre.

Ses yeux picotaient déjà. Il avait chaud. Il ne fallait pas, ce soir-là, dépasser la mesure.

— Autant dire que ce n'est rien. Ils se faisaient des idées. Tenez! si par hasard ils voyaient un copain chez moi, ils se figuraient tout de suite que c'était un redoutable repris de justice... D'autres fois, ils étaient persuadés que la police les surveillait et il fallait que j'aille sans cesse jeter un coup d'œil sur le trottoir... Je crois que tous avaient acheté des revolvers, dont ils n'auraient pas osé se servir...

— Il y en a un qui s'en est servi! interrompit Loursat.

Chez lui! Dans sa maison! Et personne dans la ville, lui moins que les autres, ne soupçonnait qu'une bande de gamins vivait une vie en marge de la vie des autres.

Edmond était gentil avec sa mère, gentil comme une fille, elle le répétait volontiers en le donnant en exemple. Et le soir...

— Combien vous dois-je?

— Seize francs... Je vous fais le prix d'ami, comme à eux... Vous croyez que celui qui a tiré décrochera les circonstances atténuantes, vous?

C'était presque en homme de métier qu'il parlait, évitant certains mots.

— Ils sont durs, depuis quelque temps... A Rouen, ils en ont exécuté un qui n'avait que dix-neuf ans...

Au coin de la rue, Loursat passa près d'une des deux femmes; elle tenait un parapluie et arpentait le trottoir, perchée sur ses hauts talons, et elle lui lança familièrement « bonsoir ».

Il ne se résignait pas à rentrer chez lui, à retrouver son cabinet de travail où il s'était enlisé pendant dix-huit ans. Son geste fut soudain. Comme il arrivait place d'Allier et qu'un taxi passait à vide, il le héla.

— Vous connaissez une auberge qu'on appelle l'*Auberge aux Noyés?*

— Du côté de la vieille poste?

— Je crois...

— Vous voulez que je vous y conduise?

L'homme, un brave père de famille, eut un coup d'œil scrutateur à son client, finit par ouvrir la portière.

— Ce sera soixante francs aller et retour...

Depuis combien de temps n'avait-il plus pris de taxi, surtout la nuit? C'est à peine s'il connaissait encore le goût des rues, l'aspect de la sortie de la ville, au-delà du cimetière, là où on avait bâti le quartier neuf qu'habitaient Émile Manu et sa mère.

— Il y a quelque chose qui brûle! annonça le chauffeur en se retournant.

C'était un bout de cigarette que Loursat avait laissé tomber sur le tapis et qu'il écrasa.

— Vous savez, vous risquez fort que tout le monde soit couché...

C'était une ancienne voiture particulière, sans séparation entre le chauffeur et son client. Le chauffeur aurait voulu bavarder. L'essuie-glace se balançait avec un bruit énervant. De temps en temps on croisait des phares.

— Attendez! Je crois que c'est ici qu'il faut tourner... On a si rarement l'occasion d'y venir...

Et au bout d'un chemin défoncé, à deux cents mètres d'une ferme aux murs blanchis à la chaux, ils apercevaient les reflets de la rivière, une berge basse et boueuse, une maison à deux étages où il y avait de la lumière.

— Vous serez long?

— Je ne crois pas.

Il avait tout lu, tout digéré, il avait pensé, jour par jour, année par année, à tous les problèmes humains et il ne savait pas faire certains gestes, entrer dans une auberge, s'asseoir à une table.

Il ne connaissait même pas, à vrai dire, l'existence de pareils endroits et il s'avançait de biais, l'œil méfiant.

C'était pourtant une banale petite salle de café, plus propre qu'elles ne sont d'habitude à la campagne, aux murs peints à l'huile, avec des chromos-réclame et un comptoir en pitchpin.

Cependant, pour une raison ou pour une autre, on n'avait pas l'impression d'entrer dans un endroit public, malgré les tables alignées et les bouteilles sur une étagère. C'était trop calme, intime à la façon d'une cuisine de moyennes gens. Les rideaux crème, aux fenêtres, étaient bien clos.

A une table, un homme était assis, un homme d'un certain âge que Loursat prit pour un marchand de grains ou de volailles. D'ailleurs, il lui semblait avoir aperçu une camionnette sans lumière devant la porte...

Une jeune fille était à sa table, et quand la porte s'était ouverte il avait semblé à l'avocat que le client retirait brusquement sa main du giron de sa compagne.

Maintenant, ils le regardaient tous les deux, ils attendaient, curieux ou ennuyés, sans doute les deux. Lui s'asseyait tout seul, secouait une fois de plus son lourd pardessus.

— Qu'est-ce que vous prenez? vint demander la jeune fille.

— Un grog.

— Il n'y a plus de feu et nous n'avons pas le gaz. Si vous voulez un verre de rhum.

Elle ouvrit une porte vernie, cria au bas d'un escalier :

— Maman!... Éva!...

Puis elle revint vers son compagnon, posa les coudes sur la table, sourit avec autant de gentillesse que possible pour quelqu'un tombant de sommeil.

— Qu'est-ce que vous lui avez répondu? murmura-t-elle, reprenant la conversation là où Loursat l'avait interrompue.

La porte intérieure était restée entrouverte. Derrière, dans l'obscurité, il vit une femme qui venait le regarder, une maigre, d'une quarantaine d'années, qui avait déjà fait ses bigoudis pour la nuit.

Leurs regards se croisèrent et elle recula, disparut, monta sans doute à l'étage, où on entendit les pas de deux personnes. Cinq minutes s'écoulèrent avant qu'Éva parût, si semblable à l'autre jeune fille qu'on savait aussitôt que c'était sa sœur, et Loursat, quand elle s'approcha, perçut une odeur fade de femme endormie.

— Vous avez commandé quelque chose?

— Un rhum! lança l'autre.

— Un grand?

Il dit oui. Tout l'intéressait. Il ne voulait rien laisser passer. Il essayait d'imaginer la bande des jeunes gens et Nicole... Émile Manu, qui sortait ce soir-là pour la première fois et qui était ivre...

On l'observait. On essayait de deviner ce qu'il venait faire. Éva le servait et n'osait pas s'asseoir à sa table. Elle restait un instant debout tout près, puis elle allait se poster derrière le comptoir tandis que le marchand de grains tirait son portefeuille de sa poche.

— Qu'est-ce que je vous dois?

— Vous partez déjà?

Il désigna Loursat du regard, comme pour dire : « Si vous croyez que c'est drôle ! »

Elle se fit câline, le reconduisit jusqu'à la porte et, derrière, dut lui baiser furtivement la joue, lui accorder une caresse.

Quand elle rentra, elle avait perdu son entrain, mais elle essayait d'en trouver une parcelle pour lancer à Loursat :

— Sale temps !

Puis :

— Vous n'êtes pas du pays, n'est-ce pas? Vous êtes représentant de commerce?

Elles n'étaient laides ni l'une ni l'autre, plutôt jolies, mais ternes.

— J'ai soif, Éva !... Vous m'offrez une limonade, monsieur?

Il eut l'impression que la mère venait de temps en temps jeter un coup d'œil par l'entrebâillement de la porte et il en était gêné comme s'il eût été pris en faute.

— A votre santé !... Vous payerez bien un verre à Éva, aussi?... Prends quelque chose, Éva...

Si bien qu'il les eut toutes les deux à sa table,

ne sachant que dire, faisant ses gros yeux. Les
deux femmes échangeaient des regards qui cons-
tituaient toute une conversation. Et lui, qui s'en
apercevait, perdait de plus en plus contenance.

— Combien vous dois-je?

— Neuf cinquante... Vous n'avez pas de monnaie?... Vous êtes venu en voiture?...

Il retrouva le chauffeur sur son siège et
l'homme mit aussitôt en route.

— Ça n'a pas marché, hein?... Je vous avais
bien prévenu, mais on ne sait jamais... Pour ce
qui est de boire et de rire, peut-être de peloter un
peu, ça va... Quant au reste...

Alors seulement, il constata qu'à sa gêne se
mêlait une certaine satisfaction d'être pris pour
un homme qui cherchait, à des kilomètres de la
ville, une maison où palper la chair des filles.

Il n'aurait pu dire pourquoi sa sœur Marthe
s'associait à son impression du moment. Il la
revoyait debout, en robe vert pâle, recevant sa
gifle. Il aurait voulu qu'elle fût présente...

— Il vient beaucoup de monde? questionna-
t-il en se penchant pour entendre la réponse du
chauffeur.

— Des habitués qui se figurent que ça arrivera
un jour... Des bandes de jeunes gens qui ont
envie de chahuter et qui n'osent pas le faire dans
les cafés de la ville...

Il n'y avait plus une lumière dans le quartier
neuf, aux rues inachevées, habité par Émile
Manu. Par contre, au *Boxing Bar,* on devinait
deux silhouettes derrière le rideau.

— Où dois-je vous déposer?

— N'importe où... Au coin de la rue...

Comme certains qui ne peuvent se résigner à voir finir la fête, il prolongeait cette soirée, en s'arrêtant parfois pour suivre des bruits de pas dans le lointain.

Dans la rue, il passa devant toutes les grosses maisons pareilles à la sienne et il les détesta, elles et leurs occupants, comme il détestait sa sœur, Dossin, Rogissart et sa femme, Ducup et le substitut, tant de gens qui ne lui avaient rien fait mais qui étaient de l'autre côté de la barricade, du sien, en somme, de celui où il se serait trouvé si sa femme ne s'était pas enfuie avec un nommé Bernard, s'il n'avait passé dix-huit ans enfermé dans son cabinet de travail et s'il ne venait de découvrir un grouillement auquel il n'avait jamais pensé, une vie superposée à l'autre, à la vie officielle de la ville, des êtres différents, insoupçonnés, une Nicole qui tenait tête à Ducup et envoyait des billets dans toutes les directions, Jo le Boxeur qui lui offrait une tournée, Émile Manu dressé sur ses ergots ou éclatant en sanglots, et jusqu'à ce livide Edmond Dossin qui allait donner du fil à retordre à son bellâtre de père et à sa maman si distinguée, jusqu'à cet employé de banque, fils de caissier modèle, qu'il ne connaissait pas encore, et qui voulait, l'idiot, aller se cacher à Paris, et ce Luska qui vendait des souliers sur le trottoir de Prisunic...

Alors, il advint ceci, qu'il n'avait pas sa clef. Il sonna, sachant bien que la Naine avait trop peur pour descendre et que Nicole devait dormir profondément.

A tout hasard il pénétra dans la ruelle, et c'est par la porte de service, qu'il trouva ouverte, comme elle l'était les autres jours, qu'il rentra chez lui.

Ce qui lui donna l'illusion qu'il appartenait un peu à la bande!

VI

C'était assez cela : dans son lit, avec le chiendent de ses poils qui frémissait à chaque ronflement, il devait paraître énorme, énorme et méchant, le *Méchant Ogre*.

Et elle, la Naine, qui venait d'entrer sur la pointe des pieds et qui restait immobile, à le regarder, c'était la *Fée Diligente* qui courait partout pour sauver sa *Petite Princesse*, portait des lettres rue d'Allier, chez Luska, chez Destrivaux, chez Dossin, une fée revêche pour les autres mais incomparablement bonne pour celle à qui elle s'était consacrée.

Loursat ne put s'empêcher de sourire. Cette idée lui avait traversé l'esprit tandis que Fine trottinait jusqu'à son lit et le regardait curieusement. Qui sait? Quand il était étendu de la sorte, inerte, à sa merci, n'avait-elle jamais eu l'envie de se venger autrement qu'en lui adressant des grimaces comme cela lui arrivait?

Il pleuvait, il s'en rendait compte. En outre, la veille au soir il avait oublié de fermer les persiennes de son cabinet.

— Qu'est-ce que c'est, Fine?

— Une lettre.

— Et vous m'éveillez pour une lettre?

— Un gendarme vient de l'apporter en disant que c'est urgent.

Il s'avisa seulement de la lassitude de la Naine, de son air abattu, découragé. Elle ne pensait pas à la petite guerre qu'ils se faisaient chaque matin et elle attendait ostensiblement qu'il eût décacheté le pli.

— C'est mauvais? demanda-t-elle alors.

— Le procureur me prie de bien vouloir passer au Palais ce matin.

Elle dut être étonnée de le voir, en dépit des rites, se lever aussitôt et s'habiller en quelques minutes.

— Mademoiselle est levée? questionna-t-il en boutonnant son pantalon.

— Il y a longtemps qu'elle est sortie.

— Quelle heure est-il?

— Près de onze heures. Quand Mademoiselle est sortie, il n'était pas dix heures.

— Vous ne savez pas où elle est allée?

Il y avait entre eux une trêve tacite. Fine hésitait bien un peu, son regard restait méfiant, mais elle croyait néanmoins qu'il valait mieux tout dire.

— C'est la mère de M. Émile qui est venue la chercher.

— La mère d'Émile Manu?

Et Fine, durement, comme si c'eût été la faute de son maître:

— On l'a arrêté ce matin.

118

Ainsi, pendant qu'il était au lit, dans sa transpiration, à dormir comme une grosse bête velue... Il regarda par la fenêtre le ciel glauque, le désert des pavés mouillés, une marchande de lait, un sac sur la tête, qui traversait le trottoir, un parapluie qui tournait le coin de la rue et les pierres des maisons qui se couvraient de taches d'humidité.

C'était un temps sourd, plus triste que le froid blême aussi mais venteux de Toussaint. Il imaginait les rues neuves, là-bas, dans le quartier du cimetière. Comment s'appelait encore la rue? Rue Ernest-Voivenon! Pas même du nom d'une célébrité locale, mais de celui à qui appartenait le terrain!

Les gens qui, pendant qu'il était écrasé de sommeil, se levaient dans le petit jour, se risquaient dans le mouillé, la plupart à bicyclette, pour aller travailler en ville.

Comment la police s'y était-elle prise? Sûrement avant huit heures du matin, pour attraper Émile Manu à son départ pour la librairie. Un homme de la Sûreté avait dû stationner au coin de la rue, et des voisins l'avaient examiné à travers le rideau.

Pendant ce temps, Mme Manu préparait le petit déjeuner, Émile s'habillait...

Comme pour l'assommer d'un suprême reproche, la Naine laissait tomber en regardant de l'autre côté :

— Il a essayé de se tuer.

— Hein?... Il a voulu se suicider?... Avec quoi?

— Avec un revolver.

— Il est blessé?

— Le coup n'est pas parti... Quand il a
entendu les gens de la police qui parlaient à
sa mère dans le corridor, il a couru au grenier
et c'est là qu'il...

Un corridor en faux marbre, Loursat en était
sûr, avec un paillasson devant chaque porte et
ces brutes de la Sûreté qui tenaient trop de place
et traînaient de l'eau sale avec leurs chaussures.

Fine commençait le lit. Loursat décrochait
son pardessus encore humide de la nuit, son
chapeau melon. Le froid, dehors, était pénétrant
comme celui d'une grotte, et on recevait des
gouttes d'eau plus grosses et plus méchantes que
les autres qui tombaient du toit des maisons.

Ainsi, la première idée de Mme Manu avait
été de venir trouver Nicole! Pour lui adresser
des reproches? Sans doute pas! Et pourtant, au
fond d'elle-même, en tant que mère du gamin,
en tant aussi que socialement inférieure, elle
devait la rendre responsable de la catastrophe.

Quelle honte pour elle de traverser sa rue, son
quartier! Elle marchait en pleurant et en parlant toute seule! Elle suppliait Nicole de tenter
une démarche.

Et elles s'en allaient toutes les deux! Elles
s'en allaient pour défendre Émile, laissant l'ogre
endormi à la garde de la Naine.

Loursat commençait à comprendre la lettre
qu'il avait reçue et qui n'était pas une convo-
cation.

Cher ami,

On me dit qu'il n'y a pas moyen de vous avoir au bout du fil. Voulez-vous passer d'urgence au Palais?

Je vous attends.

C'était signé Rogissart, et Loursat remarqua qu'il avait évité, à la fin, toute formule amicale.

L'avocat ne pensait pas à crâner. Il n'étudiait pas son attitude. Pourtant, quand il traversa la salle des pas perdus, grouillante de plaideurs et de confrères en robe, il avait l'air, malgré lui, de celui qu'on attend et qui vient engager la bataille. Les épaules rondes, les mains dans les poches, il fonçait, gravissait l'escalier du parquet.

Comme sa tête arrivait à hauteur du palier, il aperçut deux femmes, sur un banc, adossées au mur peint en verdâtre; d'abord une jupe noire et des souliers à boutons, Mme Manu, la mère d'Émile; elle tenait un mouchoir à la main, et sa voisine, qui n'était autre que Nicole, serrait cette main d'un mouvement plus machinal qu'affectueux.

Mme Manu ne pleurait pas mais elle avait pleuré, et il y avait déjà dans ses yeux une expression hagarde. D'autres attendaient, un vieux sur le même banc, un voyou entre deux gendarmes sur un banc voisin.

Loursat gravit les dernières marches, passa sans regarder les deux femmes, poussa sans frapper la porte de Rogissart.

Il avait évité la scène du corridor, et c'était déjà ça! Dans le bureau assez sombre, ils étaient

121

deux debout près de la fenêtre se dessinant à contre-jour, et ils se retournèrent en même temps.

— Enfin! n'hésita pas à prononcer Rogissart en se dirigeant vers son bureau et en y prenant place.

L'autre était Ducup, plus tête de rat que jamais; et il était à noter que chacun s'était arrangé pour ne pas se trouver près de Loursat, ce qui les aurait obligés à lui serrer la main.

— Asseyez-vous, Hector... Je parie que je vous ai réveillé...

Il ne pouvait pas l'appeler autrement que par son prénom, puisqu'ils étaient cousins et qu'ils avaient passé leur enfance ensemble. Il se rattrapait aussitôt par le second bout de phrase. Et aussi par son attitude, par son affectation à tripatouiller ses dossiers, comme devant un prévenu ordinaire qu'on veut impressionner.

Quant à Ducup, il restait debout, en spectateur qui sait ce qui va arriver et qui s'en régale par avance.

— Je suis très ennuyé, n'est-ce pas? de ce qui arrive... Plus qu'ennuyé même... Pour ne rien vous cacher, et je vous demande de garder ceci pour vous, j'ai fait hier au soir une chose que je n'avais jamais risquée au cours de ma carrière : j'ai téléphoné au Ministère pour demander conseil!

Toute cette ville, tous ces toits sous la pluie, des traînées d'eau dans les couloirs du Palais, les deux femmes sur leur banc... Et Émile? Sans doute dans quelque coulisse sordide du monument, à attendre en compagnie d'un policier?

— Bien entendu, c'est officieusement que je vous ai appelé. Nous étions d'accord, Ducup et moi, pour vous consulter, tout au moins pour vous mettre au courant. Hier, Ducup a longuement interrogé le fils Dossin et j'ai assisté à une partie de l'interrogatoire. Vous le connaissez puisque c'est votre neveu...

« J'avoue que ce pauvre garçon m'a fait pitié... J'ai eu fréquemment l'occasion de le rencontrer, chez lui, à des dîners... Il me faisait l'effet d'un jeune homme de santé délicate, très doux, aux mains et au regard de fille...

« Dans le cabinet de Ducup, qui l'a pourtant traité avec beaucoup de ménagements, il s'est révélé d'une sensibilité maladive, d'une nervosité telle que je me suis demandé s'il ne faudrait pas faire appel au médecin.

« Après s'être débattu longtemps, il a parlé... »

Loursat eut une réaction assez inattendue, du moins pour ses deux compagnons, puisqu'ils le regardèrent avec étonnement et en restèrent un moment silencieux : il se leva, en effet, retira son pardessus, alla le suspendre dans un placard qu'il connaissait, prit des cigarettes dans sa poche, revint s'asseoir pour finir par appuyer un carnet sur son genou tandis que sa main droite brandissait un porte-mine.

— Vous permettez?

Ils échangèrent un regard inquiet, se demandant s'il fallait voir une menace dans cette nouvelle attitude.

— Vous devinez, je suppose, ce que j'ai à vous apprendre, ce que tout le monde apprendra dans quelques heures, car il est impossible d'étouffer une affaire où, malgré tout, il y a un mort. Le Ministère est de mon avis : Edmond Dossin, dans ce drame, n'a été qu'un comparse, et, jusqu'à un certain point, une victime.

« Je le comprends, maintenant que j'ai pu apprécier à quel point il est impressionnable.

« Ils étaient quelques-uns à fréquenter un petit bar du marché, des jeunes gens de famille et des autres, le fils d'un charcutier, le fils d'un...

— Je sais ! interrompit Loursat.

— Dans ce cas, vous savez aussi que votre fille était en quelque sorte le centre du groupe, que votre maison en était le quartier général. J'en suis désolé, non seulement pour vous, mais pour nous tous, car le scandale rejaillira sur la bonne société de Moulins. Il sera difficile, au prétoire, de faire croire à de braves jurés que toute une bande de jeunes gens pouvait se réunir la nuit dans une maison, y danser au son du phonographe et s'y enivrer sans que le maître de cette maison...

Ducup, qui jouait le public, opinait de la tête.

— Les choses ne seraient sans doute jamais allées plus loin si, voilà moins de trois semaines, un nouveau venu ne s'était mêlé au groupe, un certain Manu qui, dès le premier soir, proposa de voler une auto — de l'emprunter, si vous préférez — pour continuer la fête dans certaine auberge de la campagne...

« A ce propos, je vous ferai remarquer qu'Edmond Dossin a été très bien, puisque c'est lui qui s'est dévoué pour aller sonner chez le docteur Matray en se réclamant du secret professionnel... »

Le curieux, c'était, sous ce récit, de retrouver des souvenirs d'enfance, certaines expressions de physionomie, certaines attitudes de sa sœur Marthe. Il croyait encore l'entendre dire, quand les parents découvraient quelque chose de mal :

— C'est Hector!

Et elle était déjà maladive, si nerveuse, elle aussi, qu'on n'osait pas la contrarier. Ce qui ne l'empêchait pas de lancer à son frère un regard qui proclamait :

— Je les ai encore eus, n'est-ce pas? Tu es refait!...

Rogissart la Ficelle, qui avait pris une mine de circonstance, continuait :

— J'ai été forcé de me préoccuper d'un certain aspect de la question qui ne manquera pas d'être publiquement évoqué. J'ai donc voulu savoir quelles étaient exactement les relations entre Dossin et Nicole... Je suis persuadé qu'Edmond ne m'a pas menti et qu'il n'y a jamais rien eu entre eux... Ils s'amusaient devant leurs amis et devant les étrangers, à se comporter comme s'ils étaient amants, mais ce n'était qu'un jeu... Vous m'excuserez de toucher à ce sujet... Je ne crois pas qu'il en ait été de même avec le nommé Manu... La présence du blessé dans la maison lui a été une excellente excuse pour y revenir chaque soir...

« Et j'ai tout lieu de croire que ce blessé n'a pas été sans influencer le jeune homme...

« Mon avis est net... Vous m'accorderez bien

quelque expérience en matière criminelle... Manu appartient à cette race de jeunes gens exaltés dont on peut aussi bien faire des saints que du gibier de bagne, en ce sens qu'ils sont disponibles, prêts à recevoir l'impulsion qu'on leur donnera...

« Là où d'autres jouaient plus ou moins inno-cemment, il a apporté un dangereux réalisme...

« Dossin n'a pas pu me parler avec cette netteté; c'est néanmoins ce qui ressort de ses confidences...

« Les réunions ont pris un caractère nouveau et on a été jusqu'à envisager des expéditions qui n'avaient d'autre but que de véritables cambriolages...

« Mettons que la faute principale en incombe à ce Gros Louis sur qui continuent à me parvenir les plus mauvais renseignements...

« A ce propos, il vous intéressera de savoir que, pendant les quinze jours qu'il a vécu sous votre toit, Gros Louis a envoyé, en plusieurs mandats, une somme de deux mille six cents francs à une fille de la campagne qui a trois enfants de lui et qui habite un village de Normandie... La trace de ces mandats a été retrouvée... J'ai envoyé une commission roga-toire à Honfleur, pour que cette femme soit entendue et, au besoin, je lancerai un mandat d'amener...

« Ceci nous conduit, hélas! à ce que je crois la vérité, et Ducup, qui a suivi cette affaire avec une intégrité et un tact dont je le remercie... »

Loursat toussa. Ce fut tout mais il toussa, puis

continua le dessin qu'il avait ébauché distraitement sur une page de son carnet.

— ... Ce Manu, impressionné par Gros Louis, manœuvré par lui, a dû commettre un certain nombre d'indélicatesses, car, d'après Dossin, les deux mille six cents francs n'ont pu provenir que de lui... A-t-il fini par s'effrayer?... Gros Louis s'est-il montré trop exigeant?... Toujours est-il qu'il s'est décidé à le supprimer...

Et, comme si Loursat n'était pas au courant, il ajouta avec une certaine solennité :

— Je l'ai fait appréhender ce matin. Il est ici. Dans quelques semaines, je compte l'entendre...

Rogissart se leva et alla regarder à la fenêtre.

— Ce qui est extrêmement regrettable, c'est que votre fille ait cru devoir accourir aussitôt en compagnie de la mère de ce garçon. Elles sont toutes les deux dans le couloir... Vous avez dû les voir... Ducup a voulu intervenir auprès de Nicole, discrètement, lui demander de ne pas s'afficher de la sorte, mais il n'a pas obtenu de réponse... Dans ces conditions, si je suis appelé à inculper Manu, on comprendra difficilement...

Loursat leva la tête.

— Que vous n'arrêtiez pas ma fille? articula-t-il d'une voix étonnamment paisible.

— Nous n'en sommes pas là, certes. Néanmoins, je vous ai fait appeler. J'ai voulu vous parler, vous mettre au courant. Votre situation, dans notre ville, est assez spéciale. On vous respecte, car chacun sait combien certains

127

malheurs vous ont douloureusement affecté. On vous pardonne vos originalités et...

Ces mots firent tout à coup penser à Loursat qu'il n'avait pas encore bu ce matin-là.

— ... Je n'ai pas besoin de préciser... N'empêche qu'il aurait sans doute mieux valu que Nicole reçût une autre éducation, qu'une surveillance eût fait d'elle une jeune fille comme les autres et que...

Loursat toussa encore. Les deux autres se regardèrent, presque inquiets. Sans doute s'étaient-ils attendus à voir un homme piteux et suppliant, ou un ivrogne déchaîné dont ils eussent eu facilement raison.

— Vous avez des preuves contre Émile Manu?

— De fortes présomptions, à tout le moins. Il était chez vous la nuit du crime. Votre fille le reconnaît. Elle s'en est presque vantée, en précisant qu'il avait passé une partie de la soirée dans sa chambre...

Puisqu'il ne se laissait pas impressionner, on allait lui parler plus crûment.

— Vous commencez à vous rendre compte?

— Je serais heureux d'être présent lorsque vous interrogerez Émile Manu.

— Vous envisagez de vous charger de sa défense?

— Je ne sais pas encore.

— Écoutez, Hector...

Il fit un signe à Ducup qui sortit d'un air trop dégagé, et le procureur parla à mi-voix, en s'approchant de son interlocuteur.

— Nous sommes parents... Ma femme est très

affectée par cette histoire... Votre sœur Marthe m'a téléphoné ce matin... Edmond est couché... On est très inquiet sur son compte, car il est en proie à une grave dépression nerveuse... Charles est revenu de Paris ce matin et m'a téléphoné, lui aussi... Je n'ai pas besoin d'ajouter qu'il est furieux contre vous... Ce matin, tout a failli s'arranger... Manu, quand on est allé l'appréhender, s'est réfugié dans le grenier et a tenté de se suicider... Ou bien l'arme s'est enrayée, ou bien, dans sa fièvre, il a oublié de retirer la sûreté... Ou encore il nous a joué la comédie, ce qui n'est pas impossible... N'empêche que « si c'était arrivé », il eût été plus facile de classer cette affaire...

« Qu'il soit coupable, cela ne fait aucun doute, surtout après ce geste qui le trahit...

« Mais, supposez que, pour se venger, il entraîne avec lui votre fille, Edmond et tous leurs amis?

« Vous conviendrez que la ville entière, vos parents et vos amis ont respecté aussi longtemps que vous l'avez voulu votre volonté de solitude et qu'on a fait le silence sur vos manies et sur vos extravagances...

« Aujourd'hui, la situation est grave, presque tragique... »

Et Loursat, en allumant une cigarette :

— Si on laissait entrer Manu?

Il était ému, pourtant. Mais pas dans le sens que les autres pouvaient supposer. La comparaison les eût suffoqués, et pourtant son émotion ressemblait à celle d'un homme à son premier rendez-vous d'amour.

Il attendait Manu! Il avait hâte de le revoir! Il enviait la Naine qui, la veille, avait couru la ville pour distribuer les billets de Nicole! Il enviait sa fille assise sur le banc, près des gendarmes et des voleurs, près de la mère en larmes, et qui défiait tranquillement la curiosité et la pitié de tous ceux qui le faisaient exprès de passer par là pour la dévisager.

Quelque chose d'énorme, d'inattendu, de bouleversant lui était arrivé! Il était sorti de sa tanière! Il était descendu dans la rue, dans la ville!

Il avait regardé Nicole, à table, Nicole qui, faute de bonne, se levait parfois et allait prendre les plats dans la trappe, les posait sur la nappe sans mot dire.

Il avait regardé Manu... Il avait écouté Jo le Boxeur... Il était allé là-bas, dans cette étrange auberge aux deux filles qu'une mère en peignoir surveillait par l'entrebâillement de la porte...

Il avait envie de...

C'était terriblement difficile à dire et même à préciser en pensée, surtout qu'il n'avait pas l'habitude, qu'il avait peur d'un certain ridicule.

Il n'osait pas dire « envie de vivre ». Mais envie de se battre? C'était presque cela. De se secouer, de secouer la paille de sa bauge, les odeurs douteuses qui lui collaient encore à la peau, les aigreurs de son moi qui avait trop longtemps mijoté entre des murs tapissés de livres.

Et de foncer...

De dire à Nicole, tout à l'heure, en se mettant à table en face d'elle, avec l'air de rien, d'un ton dégagé :

— N'aie pas peur!

Et qu'elle comprenne qu'il était comme eux, avec eux et non avec les autres, qu'il était avec sa fille, avec la Naine, avec Émile et avec la mère aux leçons de piano!

Il n'avait pas bu! Il était lourd, mais solide, maître de lui.

Il regardait la porte. Il avait hâte. Il épiait les bruits, surprenait les pas des policiers dans le long couloir, le cri étouffé de Mme Manu, ses larmes, une espèce de bagarre tandis qu'elle essayait de se jeter dans les bras de son fils et qu'on la repoussait.

La porte enfin... La tête durement dessinée d'un agent en bourgeois qui questionnait le procureur des yeux en attendant un ordre et qui, sur un signe, faisait passer le jeune homme...

*

La voix de circonstance de Rogissart, lequel effectuait tous les ans des pèlerinages à Lourdes et à Rome dans l'espoir d'avoir enfin un enfant!

— Monsieur le Juge d'instruction va vous poser quelques questions, mais vos réponses ne seront pas enregistrées, car il ne s'agit pas d'un interrogatoire officiel. Vous pouvez donc parler en toute franchise, ce que je ne saurais trop vous conseiller...

131

Pourquoi le gamin avait-il vu Loursat avant tout le monde? C'était lui que son regard trop mobile était allé chercher en entrant dans la pièce où ne régnait qu'une lumière officielle.

Et Loursat avait reculé, gêné, peiné. Peiné, oui, parce qu'il avait senti que c'était à lui qu'Émile en voulait, que c'était lui que le jeune homme chargeait de toutes les responsabilités. Et même davantage! Il semblait dire :

— Je suis allé à vous en toute franchise. J'ai pleuré devant vous. J'ai dit tout ce que j'avais sur le cœur. Et c'est vous que je retrouve ici! C'est vous qui m'avez arrêté, vous qui...

On le laissait debout. Il n'était pas très grand, et il avait de la boue au genou droit. Ses mains tremblaient, malgré son effort pour rester calme.

Loursat l'enviait. Pas tant d'avoir dix-huit ans que d'être capable d'un désespoir aussi total et d'être là, comme pris de vertige, à sentir le monde chavirer autour de lui, à savoir sa mère en larmes, Nicole qui attendait et qui ne lui ferait jamais défaut, la Naine qui l'avait adopté, lui seul, en dehors de son exclusif amour pour Nicole.

On l'aimait! Sans restriction! D'un amour absolu! On pourrait le harceler, le condamner, l'exécuter, il y aurait toujours trois femmes pour croire en lui!

Qu'est-ce qu'il pouvait ressentir? Il devait se raidir pour ne plus se tourner vers Loursat, pour regarder Ducup qui s'était assis au bureau tandis que le procureur allait et venait dans la pièce.

— Comme M. le Procureur vient d'avoir la bonté de vous le dire...

— Je n'ai pas tué Gros Louis!

Ça jaillissait comme d'un forage, trouble, irrésistible.

— Je vous prie de ne pas m'interrompre... Comme M. le Procureur vient d'avoir la bonté de vous le dire, il s'agit moins d'un interrogatoire que d'un entretien privé qui...

— Je n'ai pas tué!

Il se retenait au bureau d'acajou garni de cuir vert. Peut-être qu'il vacillait? Lui seul voyait ce bureau, cette fenêtre livide sous un jour que les autres ne connaissaient pas, qu'ils ne connaîtraient jamais.

— Je ne veux pas aller en prison!... Je...

Et il se tourna d'une seule pièce, regarda Loursat avec une envie folle de se précipiter vers lui toutes griffes dehors.

— C'est lui, n'est-ce pas? qui a dit...

— Calmez-vous!... Je vous en prie...

Le procureur lui avait posé la main sur l'épaule. Loursat, lui, baissait la tête, en proie à un réel chagrin, à une honte vague, imprécise, celle d'être lui, de n'avoir pas su inspirer confiance à ce gamin.

Ni à Nicole! Ni à Fine! Ni sans doute à cette mère devant qui il était passé tout à l'heure!

Il était l'ennemi!

— C'est moi qui ai prié M. Loursat de bien vouloir assister à cet entretien étant donnée la situation toute spéciale dans laquelle il se trouve. Je suis persuadé que vous ne pouvez vous en rendre compte. Vous êtes jeune, impulsif. Vous avez agi sans discernement et, malheureusement...

— Vous croyez que j'ai tué Gros Louis?

Il tremblait de plus belle, pas de peur, Loursat le devinait, mais d'une angoisse atroce, celle de ne pouvoir se faire comprendre, celle d'être seul contre tous, cerné, accablé par tous, en proie aux attaques sournoises de ces deux magistrats, en face d'un Loursat qui lui apparaissait comme une grosse bête méchante tapie dans son coin.

— Ce n'est pas vrai! J'ai volé, c'est exact! Mais les autres ont volé aussi!

Il pleurait sans larmes, avec rien que des grimaces, de si rapides déformations des traits que cela faisait mal à regarder.

— On n'a pas le droit de m'arrêter tout seul... Je n'ai pas tué... Vous entendez? Je n'ai pas...

— Chut!... Plus bas...

Le procureur s'effrayait, car on devait l'entendre du couloir, en dépit de la porte matelassée.

— Pour m'emmener de chez moi, ils m'ont passé les menottes comme si j'étais...

L'inattendu, ce fut le geste de Ducup qui frappait le bureau avec un coupe-papier en disant machinalement :

— Silence!

Si inattendu que Manu, surpris, se tut, regarda le juge avec une stupeur comique.

— Vous êtes ici pour répondre à certaines questions et non pour vous livrer à une scène

134

indécente... Je me vois obligé de vous rappeler à la pudeur...

Émile oscillait, mal d'aplomb sur ses maigres jambes, de la sueur au-dessus des lèvres et sur ses tempes. Son cou, vu de derrière, ressemblait à un cou de poulet.

— Vous ne niez pas avoir emprunté — vous voyez que je suis gentil — une voiture pour emmener vos camarades à la campagne. C'était la voiture de l'adjoint au maire, et vous avez, par votre inexpérience ou en raison de votre état d'ébriété, provoqué un accident...

Trois plis sur le front, les sourcils froncés, Émile ne comprenait pas. Les mots venaient difficilement jusqu'à lui ou plutôt ce n'étaient que des sons sans signification. Il n'en était pas à la voiture, lui! Les phrases étaient trop longues, Ducup trop calme, trop raide, trop circonspect.

— Il est à remarquer que jusqu'à ce jour, ou plus exactement cette nuit-là, ceux qui allaient devenir vos camarades n'avaient jamais fait parler d'eux et n'avaient eu aucun ennui...

Encore une fois, Émile se retourna. Son regard accrocha celui de Loursat, qui était dans la pénombre, près de la cheminée empire.

Il ne comprenait toujours pas. Il évoluait dans du mou. Il cherchait un point d'appui. Son regard demandait :

— Qu'est-ce que vous avez encore inventé?

— Tournez-vous vers moi et veuillez répondre à mes questions. Depuis combien de temps êtes-vous à la librairie Georges en qualité de commis?

— Un an!

— Et avant?

— J'étais à l'école.

— Pardon! N'avez-vous pas travaillé un cer
tain temps dans une agence immobilière de la rue
Gambetta?

Cette fois, il les regarda rageusement, leur
cria :

— Oui!

— Voulez-vous nous dire dans quelles circonstances vous avez quitté cette agence?

Alors le gamin les défia. Il fut tout raide, des
pieds à la tête.

— J'ai été mis à la porte! Oui, là! J'ai été mis
à la porte par M. Goldstein, qui me payait deux
cents francs par mois à condition que je fasse les
courses sur ma propre bicyclette, j'ai été mis à la
porte parce qu'il y avait une différence de douze
francs dans la petite caisse...

— C'est à peu près cela. La petite caisse,
c'était la provision que M. Goldstein vous servait
pour les timbres, les envois recommandés et en
général les menus frais de bureau. Pendant un
certain temps, il a eu la patience de vous
observer, de noter les moindres envois, les
moindres dépenses. C'est ainsi qu'il vous a pris la
main dans le sac... Vous trichiez sur les timbres
et sur les moyens de transport...

Le silence fut assez long, pesant. La pluie
tombait. Et le silence du couloir, au-delà de la
porte, était encore plus impressionnant que celui
du cabinet du procureur.

Ce dernier faisait signe à Ducup de ne pas trop
insister sur les détails sans importance.

Mais il était déjà trop tard. Le juge insistait de sa voix pointue :

— Qu'est-ce que vous répondez?

Silence.

— Vous avouez, je suppose?

On vit presque le soupir monter depuis la poitrine en même temps que Manu redressait le torse, regardait lentement autour de lui et articulait :

— Je ne dirai plus rien!

C'est sur Loursat que le regard s'arrêta, et il y eut une légère hésitation, un doute, peut-être à cause des gros yeux plus troubles que d'habitude.

VII

Une demi-heure plus tard, le bruit courait le Palais que Loursat s'était chargé de la défense d'Émile Manu. Il se trouvait encore dans le bureau du procureur. La porte de ce bureau était restée close, sauf un instant, car Rogissart avait promis à sa femme de lui téléphoner à onze heures et demie et, ne pouvant le faire de son cabinet, il s'était rendu dans un local voisin.

— C'est tout juste s'il n'a pas supplié le gamin de l'accepter pour défenseur! dit la Ficelle, ainsi qu'on appelait le procureur, à sa longue épouse qui était à l'autre bout du fil.

Il exagérait. La vérité c'est que cela s'était passé bêtement, un peu par la faute de chacun. Rogissart et Ducup s'étaient trouvés embarrassés devant ce jeune homme farouche qui refusait de répondre dorénavant à leurs questions. Ils s'étaient consultés à voix basse, près de la fenêtre. Quand Ducup était revenu, il avait déclaré en toussotant :

— Je tiens à vous signaler que la loi vous permet de faire appel, dès maintenant, à un

avocat et à solliciter sa présence aux interrogatoires...

Alors, naturellement, au mot avocat, Manu
avait regardé Loursat. Simple rapprochement
d'idées. Pourtant, c'est tout juste si Loursat
n'avait pas rougi. Peut-être, à un homme de son
âge, fût-il parvenu à cacher ses sentiments? Pas à
un enfant, précisément parce que le sentiment
qui l'étreignait à ce moment était aussi naïf, aussi
violent qu'un sentiment enfantin.

Il brûlait d'envie d'assister Émile! Il sentait
tellement cette envie dans ses propres yeux qu'il
détourna la tête.

Manu se méfiait. Et, parce qu'il se méfiait...

Les deux autres, Rogissart et Ducup, ne
comprirent pas, car ce n'était pas une réaction de
grande personne; mais Loursat, lui, crut comprendre, parce qu'il voulait comprendre.

Émile se méfiait. Il se disait :

— C'est peut-être à cause de lui que je suis
ici?... Il m'en veut d'avoir compromis sa famille...
Il est parent de tous ces gens-là...

Et il prononça en cherchant le regard de son
partenaire :

— Je choisis M. Loursat!

Cela signifiait :

« Vous voyez que je n'ai pas peur! Je n'ai rien
à cacher! Je ne sais pas encore si vous êtes mon
ennemi ou non. Mais, du moment que je me livre
à vous, de mon plein gré, vous n'oserez plus me
trahir... »

Le procureur et le juge se regardèrent. Ducup
gratta son nez pointu du bout de son porte-

plume. Quant à Loursat, il prononça simplement :

— J'accepte... Messieurs, je crois que dans ce cas il convient après un interrogatoire d'identité, de me donner le temps d'étudier le dossier... Voulez-vous que nous remettions à demain matin l'interrogatoire sur le fond?

On fit entrer le greffier.

Quand Loursat sortit, Nicole et Mme Manu connaissaient déjà la nouvelle. Elles se levèrent en même temps. Nicole observa son père avec curiosité, sans plus. Elle ne comprenait pas encore. Elle préférait attendre.

Quant à Mme Manu, on ne pouvait lui demander autant de sérénité.

On les vit tous trois dans la salle des pas perdus, Loursat au milieu, un Loursat qui examinait tout le monde autour de lui avec une drôle d'expression de physionomie. Certains avaient attendu exprès pour se mettre sur leur passage.

Mme Manu avait les yeux rouges, un mouchoir roulé en boule à la main. Comme tous ceux qui ne savent pas, elle ne cessait de poser des questions.

— Puisqu'il n'est pas encore inculpé, pourquoi le garde-t-on? Ce n'est pas possible qu'on le mette en prison alors qu'il n'y a aucune preuve contre lui! Ce sont les autres, M. Loursat. Je vous assure, moi qui le connais, que ce sont les autres qui l'ont entraîné...

Certains souriaient. Pour un avocat, le spectacle d'un confrère aux prises avec son client est toujours un tantinet ridicule. Aussi évite-t-on autant que possible ces scènes publiques.

Loursat, lui, resta là, comme à plaisir. Mme Manu, elle aussi, était un peu ridicule, ridicule et pathétique, mesquine dans tout son être avec pourtant des instants où elle frisait la tragédie.

— Jusqu'à ces derniers temps, c'était un garçon qui ne sortait jamais... Si bien que c'est moi, en définitive, qui suis responsable de ce qui arrive... Je lui répétais : « Émile, tu ne devrais pas t'enfermer dans ta chambre après ton travail!... Tu lis trop... Tu ferais mieux de prendre l'air, de fréquenter des amis de ton âge... »

« J'aurais voulu, n'est-ce pas? qu'il viennent quelques-uns à la maison le soir, qu'ils jouent à quelque chose... »

De temps en temps, en dépit de son émotion, elle avait pour Loursat un regard très lucide, car, malgré tout, elle se méfiait de lui comme elle devait se méfier de tout le monde, fût-ce de son fils.

— Il a commencé à sortir avec Luska, et ça ne me plaisait pas trop,.. Puis il est rentré de plus en plus tard et son caractère a changé... Je ne savais pas où il allait... Certaines nuits, il dormait à peine trois heures...

Loursat écoutait-il? Il voyait Nicole, qui attendait avec quelque impatience. Il voyait le mince visage de la mère, qui se croyait obligée de renifler de temps à autre.

— Surtout, si cela peut le servir, ne regardez pas aux frais... Nous ne sommes pas riches... J'ai la mère de mon mari à ma charge... Mais, dans un

cas comme celui-ci, je préférerais manger du pain
sec le restant de mes jours...

Un jeune stagiaire était vaguement correspon-
dant d'un journal de Paris. Sans retirer sa robe, il
venait de courir chez un photographe qui habitait en face du Palais. Ils surgissaient tous les
deux, le photographe avec un volumineux appareil comme ceux dont on se sert pour les mariages
et les banquets.

— Vous permettez?

Mme Manu prit un air digne. Loursat ne
broncha pas. Quand ce fut fini, il dit à Nicole :

— Vous devriez reconduire Mme Manu chez
elle. Il pleut de plus en plus. Prenez un taxi...

*

Il était déjà presque avec eux, mais eux ne
l'acceptaient pas encore. Cela se sentit surtout au
déjeuner que la Naine monta servir en personne.
La nouvelle bonne qui s'était présentée le matin
ne convenait pas, du moins Fine le prétendait-
elle.

Fine avait une telle hâte de savoir, qu'elle
questionnait Nicole tout en assurant le service.
Ce n'était pas par méfiance vis-à-vis de Loursat.
C'était peut-être plus grave encore que de la
méfiance. Elle l'ignorait, le défiait d'être nuisible!

— Qu'est-ce qu'il a dit?

— Il n'a rien dit, Fine. Je l'ai à peine entrevu.
Il a choisi mon père pour avocat...

Lui mangeait, sa bouteille de vin près de lui,

comme d'habitude. Il aurait aimé se mêler à la conversation, mais il restait gauche. Il annonça pourtant :

— Je le verrai cet après-midi à la prison... Si vous avez quelque chose à lui faire dire, Nicole...

— Non... Ou plutôt... dites-lui que les policiers ont fouillé sa maison, mais qu'ils n'ont rien trouvé...

La plus étonnée, c'était la Naine qui rôdait autour de Loursat comme un chien autour d'un nouveau maître.

— A quelle heure devez-vous le voir? questionna Nicole.

— A trois heures.

— Je ne pourrais pas le voir aussi?

— Pas aujourd'hui. Demain, j'adresserai une demande au juge...

Tout cela était encore hésitant, maladroit.

Bien plus que les paroles, ce fut un fait, si menu qu'il échappa même à Fine, qui révéla ce qu'il y avait de nouveau dans la maison.

Loursat avait bu environ la moitié de sa bouteille. D'habitude, à cette heure-là, il en avait déjà bu une entière et il finissait celle qu'on lui mettait à table. Comme il allait se verser à boire, Nicole le regarda. Il le sentit, devina ce que contenait son regard. Un instant, sa main qui tenait la bouteille resta en suspens. Il versa néanmoins, mais à peine un demi doigt de vin, comme par pudeur.

Et un peu plus tard, il gagna son cabinet où, ce matin-là, il n'avait pas eu le temps de mettre du bourgogne à chambrer.

*

Toujours du mouillé froid, la cour de la prison, les couloirs, le gardien qui fumait une longue pipe malodorante.

— Bonjour, Thomas.

— Bonjour, monsieur Loursat. Voilà long-temps qu'on n'a pas eu le plaisir de vous voir. C'est pour le jeune homme, n'est-ce pas? Vous voulez le voir dans le parloir ou dans sa cellule? Il n'a pas desserré les dents depuis qu'il est ici et il n'a rien voulu manger...

En ville, à cause du temps, on allumait déjà les réverbères et les lampes des vitrines. Loursat, sa serviette de cuir à la main, suivait Thomas, qui lui ouvrait une porte, le 17, et annonçait :

— Attendez! Je vais faire sortir celui-là...

Car Émile n'était pas seul dans sa cellule. Et, dès qu'il vit le compagnon qu'on lui avait donné, l'avocat fronça les sourcils. C'était de toute évidence un habitué de la maison, une gouape dégingandée qu'on avait dû charger de cuisiner le nouveau.

Manu était assis dans son coin. Quand il se trouva seul avec Loursat, il se contenta de lever un tout petit peu la tête et de le regarder. Le silence dura, d'autant plus impressionnant qu'on était au cœur de la ville et qu'on n'en sentait pas les palpitations; et ce qui le rompit ce fut le craquement de l'allumette avec laquelle l'avocat alluma sa cigarette.

— Vous en voulez une?

Un signe négatif. Puis, l'instant d'après, Émile tendit la main, dit d'une voix mal assurée :

— Merci!

Ils étaient gênés par leur solitude, et le plus gauche des deux était Loursat, qui finit par questionner, pour rompre le charme :

— Pourquoi avez-vous tenté de vous suicider?

— Parce que je ne voulais pas aller en prison!

— Maintenant que vous y êtes, vous constatez que ce n'est pas si terrible qu'on imagine. D'ailleurs, vous n'y resterez pas longtemps. Qui a tué Gros Louis?

Il était allé beaucoup trop vite. L'autre redressait la tête d'un mouvement si rapide qu'on put croire qu'il allait bondir.

— Pourquoi me demandez-vous ça? Vous croyez que je le sais, n'est-il pas vrai? Vous croyez, vous aussi peut-être, que c'est moi?

— Je suis persuadé que ce n'est pas vous. J'espère le prouver. Malheureusement je ne puis rien faire si vous ne m'aidez pas...

Ce qui l'impressionnait, ce n'était pas tant leur situation à tous deux dans cette cellule mal éclairée. C'était plutôt la conscience que c'était moins par devoir professionnel qu'il posait ses questions que par curiosité.

Encore ne s'agissait-il pas d'une curiosité ordinaire, impersonnelle. Il voulait savoir pour mieux se rapprocher du groupe, pour s'y intégrer.

Et le groupe ne signifiait rien! Ce n'était qu'un ordre de choses, une vie dans la vie et presque une ville dans la ville, une certaine façon de

146

penser et de sentir, une minuscule pincée
d'humains qui, comme le font dans le ciel
certaines planètes, suivaient leur orbe personnel
et mystérieux sans souci du grand ordre univer-
sel.

Justement parce qu'un Manu, parce qu'une
Nicole étaient en dehors des règles, il était
difficile de les apprivoiser. Il avait beau rouler ses
gros yeux glauques, tourner en rond comme un
ours, ou plutôt comme un phoque barbu...

— Pouvez-vous m'indiquer comment vous
avez fait connaissance de la bande?

— Par Luska, je vous l'ai déjà dit !

Ainsi, il était plus positif qu'il n'en avait l'air,
car il n'oubliait pas les confidences qu'il avait
faites en des moments où il aurait pu perdre son
sang-froid !

— Vous a-t-on révélé des règlements, des mots
de passe, que sais-je?

Il essayait de se souvenir de son enfance, était
obligé de remonter plus loin que l'âge d'Émile,
car à dix-huit ans il était déjà un solitaire.

— Il existait des statuts...

— Écrits?

— Oui... C'est Edmond Dossin qui les gardait
dans son portefeuille... Il a dû les brûler...

— Pourquoi?

Le jeune homme trouva sans doute la question
saugrenue, car il haussa les épaules. Quant à
Loursat, il ne se décourageait pas, jugeait qu'il y
avait progrès, tendait à nouveau son étui à
cigarettes.

— Je suppose que c'est Dossin qui avait rédigé ces statuts?

— On ne me l'a pas dit, mais c'est dans son caractère.

— Qu'est-ce qui est dans son caractère? De fonder des sociétés?

— De compliquer la vie! De faire des papiers! Il m'a forcé à en signer un pour Nicole...

Cela devenait d'une délicatesse infinie. Un mot maladroit et Manu se refermerait. Loursat n'osait pas le pousser. Il s'efforça de plaisanter :

— Un contrat?

Et le gamin, qui fixait le sol bétonné :

— Il me l'a vendue... Vous ne pouvez pas comprendre... Cela faisait partie des règles... Les statuts prévoyaient qu'aucun membre ne pouvait prendre la femme d'un autre membre sans son consentement et sans indemnité...

Il rougit, se rendait soudain compte que cela devait paraître énorme. Et pourtant c'était la stricte vérité!

— Combien l'avez-vous payée?

— Je devais verser cinquante francs par mois durant un an...

— A Edmond? C'était lui le précédent propriétaire?

— Il le faisait croire, mais j'ai bien vu qu'il n'y avait jamais rien eu entre eux...

— Je suppose que mon neveu Dossin a brûlé ce billet aussi?... Jusqu'ici, il fait assez figure de chef...

— C'était le chef!

— Il ne s'agissait donc pas d'une simple

réunion d'amis, mais d'une véritable association. Elle avait un nom?

— La bande du *Boxing!*

— Jo le Boxeur n'en était pas?

— Non... Il connaissait les statuts, mais il ne voulait pas se mêler à nous, à cause de sa patente...

— Je ne comprends pas.

— S'il avait été pris, on lui aurait retiré sa patente... Comme c'est un cheval de retour...

Loursat ne sourit pas à ce mot inattendu. Dehors, la nuit devait être tout à fait tombée. Parfois, dans le corridor, on entendait le pas régulier du gardien.

— Il y avait des jours de réunion?

— En principe, on se retrouvait chaque soir au *Boxing Bar,* mais ce n'était pas obligatoire. Le samedi seulement tout le monde devait y être et apporter son...

Il se tut.

— ... apporter son...?

— Si je vous dis tout, est-ce que vous êtes tenu par le secret professionnel?

— Je n'ai le droit de rien révéler sans votre autorisation.

— Alors, donnez-moi encore une cigarette... On me les a prises au greffe. Avec tout ce que j'avais dans les poches... Plus mes lacets et...

Il fut sur le point de pleurer. L'instant d'avant, il posait une question précise et, de voir ses souliers sans lacets, de passer la main sur le col ouvert de sa chemise lui faisait naître un sanglot dans la gorge.

— Soyez un homme, Manu! prononça Loursat sans presque d'ironie. Vous disiez que chaque semaine tous les membres devaient apporter...

— Un objet volé! Voilà! Je ne veux pas mentir. Je savais, en me faisant présenter par Luska, qu'il y avait une obligation de ce genre...

— Comment le saviez-vous?

— On me l'avait dit.

— Qui?

— Presque tous les jeunes gens de la ville étaient au courant... Pas des détails... Mais on parlait de la bande...

— On vous a fait prêter serment?

— Par écrit.

— Je suppose qu'il vous a fallu passer par une sorte d'épreuve?

— C'était l'auto... Si je n'avais pas su conduire, j'aurais dû pénétrer dans une maison vide, y rester une heure et revenir avec un objet quelconque...

— N'importe quoi?

— Il valait mieux que ce fût volumineux et difficile à emporter... C'était une sorte de concours... Le plus banal, c'était de voler aux étalages... Luska est arrivé une fois à voler un potiron qui pesait dans les dix kilos...

— Et que faisait-on de ce butin?

Silence d'Émile, qui se renfrogna.

— Je suppose que tout cela se trouve chez moi?

— Dans le grenier, oui!

— Avant que vous apparteniez à la bande, il y avait longtemps que cela durait?

— Peut-être deux mois... Pas tout à fait... Je crois qu'Edmond a appris le jeu en vacances, à Aix-les-Bains, où ils étaient quelques-uns à faire la même chose...

Loursat s'était demandé comment une telle intimité s'était établie entre Nicole et son cousin Dossin. C'était tout simple! Il est vrai que cet étonnement datait de l'époque déjà lointaine — y avait-il trois jours pleins? — où Loursat vivait dans sa tanière?

Sa sœur Marthe lui avait écrit pour lui annoncer qu'elle avait loué une villa à Aix-les-Bains et pour lui demander s'il ne voulait pas lui envoyer Nicole.

Celle-ci y était allée un mois, et il ne s'était pas davantage inquiété d'elle quand elle n'était pas là que quand elle y était.

Ainsi, c'était à ce jeu que se livraient les jeunes gens et les jeunes filles de bonne famille à Aix-les-Bains, pendant que les parents fréquentaient l'établissement thermal et le casino!

— Edmond apportait-il beaucoup d'objets?

— Une fois, il a apporté un filtre à café en argent de la brasserie Gambetta. Une autre fois, il y a eu une discussion, parce que Destrivaux prétendait qu'il prenait des choses chez lui par peur de commettre de vrais vols... N'empêche que, quand Gros Louis a parlé de la police en avouant qu'il était en délicatesse avec la justice et qu'il ne voulait pas être repris, c'est Edmond qui s'est vanté de tout ce que nous faisions...

— Cela se passait dans la petite chambre du second?

151

— Oui... Il a voulu faire le malin... C'est son genre... Je suis persuadé que c'est à cause de lui que Gros Louis a réclamé de l'argent... Il prétendait qu'à cause de l'accident, donc à cause de nous, il ne pouvait pas travailler et que sa femme attendait ses mandats... Il a d'abord réclamé mille francs pour le lendemain...

— Vous vous êtes cotisés?

— Non! Les autres m'ont laissé tomber...

— Qui a trouvé les mille francs?

— Moi...

Il ne pleura pas, mais se tourna vers le mur, puis éprouva le besoin de regarder l'avocat en face avec défi.

— Qu'est-ce que je pouvais faire d'autre? Tout le monde me disait que c'était de ma faute, j'avais eu tort de me vanter de savoir conduire... Grâce à Gros Louis, je pouvais aller voir Nicole tous les soirs... Il faut que je vous dise tout, n'est-ce pas? Vous êtes mon avocat... C'est vous qui l'avez voulu!... Si! Je l'ai bien senti... Je ne sais pas encore pourquoi vous avez agi ainsi, mais vous l'avez voulu!... Tant pis pour vous!... Si j'avais pu m'enfuir avec Nicole, n'importe où...

— Et elle, qu'est-ce qu'elle disait?

— Elle ne disait rien.

— Où avez-vous trouvé les mille francs?

— Chez moi... Ma mère ne le sait pas encore... Je comptais les remettre un jour... Je connaissais la place où on met l'argent, sous le linge du chiffonnier, dans un vieux portefeuille de mon père...

— Et le reste de la somme?

— De quelle somme?

— Des deux mille six cents francs?

— Qui vous a dit?

— C'est malheureusement au dossier. La police a trouvé les mandats adressés par Gros Louis à son amie...

— Qu'est-ce qui prouve que c'est moi?

— On ne fait que le supposer.

— Luska m'a prêté quatre cents francs... Pour le reste... Vous l'apprendrez quand même d'un moment à l'autre, car il va faire ses comptes... Je ne savais plus comment faire... Gros Louis me menaçait, prétendait qu'il préférait tout avouer à la police et nous faire mettre en prison... Vous connaissez M. Testut?

— Le rentier de la place d'Armes?

— Oui... C'est un client... Il achète beaucoup de livres, surtout des livres chers qu'on commande exprès pour lui à Paris... Il est venu au magasin alors que M. Georges était monté un instant pour prendre son thé, car il prend toujours du thé à quatre heures... Il a payé sa facture... Mille trois cent trente-deux francs... Je les ai gardés... Je comptais les rendre avant la fin du mois...

— Comment?

— Je ne sais pas. J'aurais trouvé un moyen... Cela ne pouvait durer ainsi... Je vous jure que je ne suis pas un voleur!... D'ailleurs, j'avais mis Edmond au courant...

— Au courant de quoi?

— Je lui ai déclaré que je ne voulais pas être sans cesse le bouc émissaire... Qu'il fallait que les

153

autres m'aident... Que, s'ils ne m'avaient pas fait boire, le jour de l'accident...

Un lointain klaxon d'auto perça la couche de silence, rappelant qu'autour d'eux il y avait une petite ville dont chaque habitant croyait connaître toute la vie.

Pourquoi, à ce moment précis, Loursat pensa-t-il au Club du Palais? Cela n'avait aucun rapport! Quelques années plus tôt, des magistrats et des avocats — c'était à l'époque où le *bridge-contrat* commençait à pénétrer en province — avaient décidé de fonder un cercle, qui manquait à la ville.

Pendant des semaines on avait envoyé à toutes les personnalités de Moulins des circulaires et des convocations. Un comité provisoire s'était constitué, dont Ducup était le secrétaire général.

Puis on avait élu un comité définitif, sous la présidence de Rogissart et d'un général. Pourquoi un général? Et le cercle avait acheté un immeuble d'angle, avenue Victor-Hugo.

Loursat avait découvert son nom sur la liste des membres, non qu'il eût accepté quoi que ce fût, mais parce qu'on inscrivait d'office toutes les personnalités. Il avait reçu des bulletins luxueusement édités.

Et, malgré son isolement, il avait eu l'écho des discussions qui avaient éclaté dès qu'il avait été question d'admettre de nouveaux membres. Certains voulaier un bloc très fermé, ne comprenant que la crème de Moulins. D'autres, pour arrondir le budget, proposaient des statuts plus démocratiques.

La magistrature disputait au barreau les places d'honneur, et trois séances avaient été consacrées au cas d'un médecin qui faisait de la chirurgie esthétique et que les uns voulaient admettre, les autres refuser.

Ducup, toujours secrétaire général, avait suivi le procureur quand celui-ci, avec une bonne moitié du cercle, avait donné sa démission au cours d'une soirée houleuse.

On n'en avait plus parlé pendant des semaines, jusqu'au jour où des fournisseurs avaient réclamé et où on s'était aperçu que le gérant avait signé d'étranges bons de commandes...

C'est tout juste si l'affaire n'avait pas échoué au tribunal, et il avait fallu demander à chacun un sacrifice d'argent que tous n'avaient pas accepté.

— Dites-moi, Manu...

Il avait été sur le point de dire : Émile.

— Il est nécessaire que je connaisse tous les membres de votre bande, comme vous dites... Gros Louis ne vous a jamais parlé d'un ami ou d'un complice qui projetait de venir le voir?

— Non!

— Et d'un voyage de sa maîtresse à Moulins?

— Non.

— Entre vous, il n'a jamais été question d'essayer de se débarrasser de lui?

— Oui.

Le gardien frappa à la porte, l'entrouvrit :

— Un pli pour vous, monsieur l'Avocat... Cela vient du Parquet par porteur...

Loursat déchira l'enveloppe, lut cette note dactylographiée :

Le Procureur général a l'honneur d'aviser Maître Loursat que le nommé Jean Destrivaux a disparu du domicile de ses parents depuis hier au soir.

Tout cela était encore tellement épars! Et, par surcroît, pendant dix-huit ans, Loursat avait désappris la vie des hommes!

Il sentait, cependant. Il lui semblait qu'un effort de plus et il condenserait tous ces... toutes ces...

— Destrivaux... répéta-t-il à voix haute.

— Quoi?

— Qu'est-ce que vous pensez de Destrivaux?

— C'est un voisin... Ses parents ont fait bâtir une maison dans notre rue...

— Comment était-il avec la bande?

— Je ne peux pas vous expliquer... Il portait des lunettes... Il voulait toujours être plus malin que les autres, plus objectif, comme il disait... Il était pâle, silencieux...

— Le parquet m'avise qu'il a disparu.

Manu réfléchit et c'était curieux de voir ce grand gamin réfléchir, avec une physionomie tendue d'homme.

— Non! dit-il enfin.

— Quoi, non?

— Je ne crois pas que ce soit lui... Il volait des briquets.

Loursat était fatigué de l'effort constant qu'il devait fournir. Car il était indispensable de traduire chaque phrase en clair, comme une sténographie ou un message en code.

— Je ne comprends pas, avoua-t-il.

— C'était le plus aisé... Il achetait des ciga-rettes dans un bureau de tabac où il y avait des briquets sur le comptoir... Il s'arrangeait pour en faire tomber plusieurs... Il les ramassait en s'excusant et il en mettait un dans sa poche...

— Dites-moi, Manu...

Encore une fois, il avait failli dire « Émile » et poser une question qu'il valait mieux taire. Il avait voulu dire :

— A quel mobile, obéissiez-vous en volant de la sorte?

Mais non! C'était idiot! Il comprenait sans comprendre, se débattait parmi ses intuitions et ses contradictions.

— Il y en a quand même un parmi vous...

— Oui!

— Qui?

Un silence. Manu regardait toujours le sol.

— Je ne sais pas.

— Dossin?

— Je ne crois pas... Ou alors...

— Alors quoi?

— Alors, c'est qu'il aurait eu peur...

Pour la première fois de la journée, Loursat se ressentait de la privation de vin. Il était fatigué. Il était mou.

— On vous conduira probablement au Palais demain dès neuf heures du matin. J'essaierai de vous voir avant l'interrogatoire. Sinon, je serai présent de toute façon. Ne répondez pas trop vite. Au besoin, demandez-moi ouvertement conseil. Je crois qu'il est indispensable de dire la vérité sur les vols...

Il se rendait compte que Manu était déçu, et il l'était lui aussi, sans savoir au juste pourquoi. Sans doute avait-il voulu aller trop vite, avait-il cru qu'il pénétrerait d'un seul coup dans ce monde qu'il ne faisait que pressentir.

Quant à Émile, on ne lui avait rien dit de précis : il se retrouvait, la porte fermée, aussi flottant qu'auparavant.

Il est vrai que la porte se rouvrit aussitôt. C'était l'avocat.

— J'oubliais ! Je fais immédiatement une démarche pour qu'on change votre compagnon de cellule. C'est un « mouton ». Méfiez-vous aussi de celui qu'on mettra à sa place...

Est-ce parce qu'il y avait près de trente ans de différence d'âge entre eux ? Le choc ne s'était pas produit. Loursat, franchissant la grande porte, sous la pluie, sa serviette contre son flanc gauche, regardait les becs de gaz, les reflets, la rue plus animée au-delà du prochain carrefour.

A droite, il y avait un petit bistrot d'où certains prisonniers faisaient venir leurs repas. Il y entra.

— Du vin rouge...

Il était temps. Il perdait pied, regrettait presque son cabinet et son épaisse solitude.

Le mastroquet en chandail le regardait boire son vin et questionnait enfin :

— Vous croyez qu'il y en aura beaucoup de compromis, vous ? Est-ce exact que la plupart des jeunes gens de bonne famille en étaient ?

Ainsi, toute la ville était au courant !

— Remettez-moi ça...

Le vin était épais, râpeux, violacé.

Loursat paya. Il était resté trop longtemps dehors, au contact des hommes, pour une première fois. Est-ce que les convalescents, le premier jour, marchent du matin au soir ?

Une fois dehors, cependant, il hésita à passer encore au Palais, sans raison précise, pour respirer l'air de l'autre camp.

DEUXIÈME PARTIE

I

Loursat leva la tête, adressa à sa fille un regard furtif, quitta son fauteuil et alla tisonner le poêle que faisaient ronfler de subites rafales. Il sentait que Nicole, sagement penchée sur des dossiers l'observait sans avoir besoin de remuer les prunelles, qu'elle le tenait comme au bout d'un fil, mais il se dirigea néanmoins vers un placard qu'il ouvrit, prit une bouteille de rhum.

— Tu n'as pas froid? questionna-t-il gauchement.

Elle répondit non, avec reproche et indulgence tout ensemble. C'était arrivé à plusieurs reprises qu'il remît la bouteille en place sans avoir bu. Cette fois, il se contenta de soupirer dans un mouvement de réelle lassitude :

— C'est la dernière nuit !... Demain...

Il était passé minuit, et la ville était déserte, le ciel clair, d'une clarté brutale, les rues balayées par un vent qui soulevait des pavés une fine poussière de glace.

Les persiennes du cabinet de travail n'étaient pas fermées; et de toute la rue, de tout le quartier, la fenêtre des Loursat était la seule petite tache vivante.

On arrivait au bout du tunnel, un tunnel de trois mois. Déjà, depuis le matin du premier janvier, la lourde calotte d'humidité qui écrasait la ville avait disparu, et on avait cessé de vivre dans du gluant, furtivement, en rasant les maisons qui s'égouttaient, dans un monde noir sur blanc et délavé comme une eau-forte.

Les nuits étaient si longues qu'on ne gardait pas le souvenir des journées, qu'on ne revoyait que boutiques mal éclairées, vitres embuées, rues feutrées d'ombre où chaque passant devenait un mystère.

— Au quantième es-tu? demanda Loursat en se rasseyant et en cherchant une cigarette.

— Soixante-trois! dit-elle.

— Tu n'as pas trop sommeil?

Elle fit non de la tête. Soixante-trois dossiers sur quatre-vingt-dix-sept! Quatre-vingt-dix-sept chemises de papier bulle qui étaient là, sur le bureau, en piles, les unes bourrées, les autres plates, ne contenant parfois qu'un bout de papier.

Au milieu de la cheminée, un gros chiffre noir sur la feuille livide du calendrier : un dimanche 12 janvier. Et, comme il était passé minuit, on était déjà le lundi 13, c'est-à-dire *le jour*.

Peut-être, pour les autres, cela ne signifiait-il rien. Pour Loursat, pour Nicole, pour la Naine, pour la bonne, pour certaines gens dans la ville et ailleurs, lundi 13, c'était le bout du tunnel. Le matin, à huit heures, un service d'ordre inaccou-

tumé prendrait place sur les marches du Palais de
Justice et exigerait les cartes qui n'avaient été
accordées qu'avec parcimonie. La voiture cellu-
laire amènerait un Émile Manu amaigri mais
grandi, à qui sa mère avait fait faire la semaine
précédente un complet neuf; et Loursat, au
vestiaire, revêtirait sa robe, que Nicole avait
obtenu d'envoyer à dégraisser.

— Il n'y a pas eu deux interrogatoires Pijollet? s'étonna-t-elle, le front plissé.

Qui donc savait qui était Pijollet? Eux! Eux et
quelques-uns qui auraient pu, à force de se
pencher sur l'affaire, employer entre eux un
langage hermétique.

— Il y a eu un interrogatoire le 12 décembre,
précisa sans hésiter Loursat...

— J'avais en tête qu'il y en avait eu un
second...

Pijollet, c'était un voisin des Destrivaux, un
rentier qui avait été deuxième ou troisième
violon à l'Opéra de Paris et qui était revenu dans
sa ville natale. Voisin des Destrivaux, il habitait
par conséquent dans la même rue que les Manu.

« — Je ne les connaissais pas... Je savais
seulement qu'il y avait, quelques maisons plus loin
que chez moi, quelqu'un qui donnait des leçons de
piano... Quant aux Destrivaux, je les voyais de ma
fenêtre dans leur jurdin... L'été, bien entendu!... Et
aussi, quand ils étaient dans leur salle à manger,
j'entendais, de la mienne, un murmure de voix...
Pas assez distinct pour qu'on comprenne... Un mot
par-ci par-là... Ce que j'entendais, c'était quand on
ouvrait et refermait la porte... Je ne m'endors

jamais avant deux heures du matin... L'habitude du théâtre... Je lis dans mon lit... J'avais remarqué que quelqu'un, chez les Destrivaux, rentrait très tard, au point qu'il m'arrivait d'être réveillé en sursaut... »

Tout cela pour en arriver à cette question posée par le juge Ducup :

« — *Vous souvenez-vous de la nuit du 7 au 8 octobre?*

« — *Parfaitement!*

« — *Qu'est-ce qui vous permet d'être aussi catégorique?*

« — *Un détail : dans l'après-midi, j'ai rencontré un ami que je croyais encore à Madagascar...*

« — *Et pourquoi était-ce le 7?*

« — *Nous sommes allés ensemble au café, ce qui arrive rarement. Il y avait, juste devant moi, un gros calendrier et je revois encore le chiffre 7... Je suis certain, d'autre part, que ce soir-là, quelqu'un, chez les Destrivaux, est rentré à deux heures du matin, juste au moment où j'allais éteindre la lumière... »*

Quatre-vingt-dix-sept dossiers! Quatre-vingt-dix-sept personnes, parfois les plus inattendues, qui cessaient d'être des individualités quelconques, un agent de police, une fille de salle, un vendeur du Prisunic, un client de la librairie Georges, pour devenir une parcelle du monstrueux dossier que Nicole collationnait une dernière fois.

A huit heures, Émile Manu, accusé du meurtre de Louis Cagalin, dit Gros Louis, perpétré le 7 octobre un peu après minuit dans l'immeuble appartenant à Hector Loursat de Saint-Marc, avocat à la Cour, inaugurerait, dans le box des accusés, la session des assises.

Pendant les trois mois qu'avait duré l'enquête, le ciel n'avait cessé de larmoyer, la ville d'être grise et sale, où des gens allaient et venaient comme des fourmis vers des buts mystérieux.

Maintenant, il ne restait que quatre-vingt-dix-sept chemises de gros papier jaunâtre, avec des noms écrits à l'encre violette.

Mais, jour par jour, nuit par nuit, heure par heure, chaque dossier, chaque feuillet avait vécu, était devenu un homme ou une femme, avec un métier, une maison, des défauts ou des vices, des manies, une certaine façon de parler ou de se tenir.

Au début, ils n'étaient qu'une pincée : Edmond Dossin, que ses parents avaient envoyé dans une maison de santé en Suisse, le jeune charcutier Daillat, Destrivaux, qu'on avait retrouvé aux Halles, à Paris, sans un sou en poche, rôdant autour des charrettes de légumes à décharger... Puis Luska, qu'on voyait tous les jours sur le trottoir du Prisunic vendant en solde de grosses chaussures de chasse...

Encore Grouin, qui avait peu fréquenté la bande, mais qui en faisait partie et dont le père était conseiller général !

Pendant trois mois — sauf les dernières semaines — Émile Manu, chaque matin, avait quitté la prison en compagnie de deux gendarmes, et les jours étaient aussi monotones, aussi minutieusement réglés qu'à la librairie Georges.

Ducup, qui savait qu'il n'aurait pas besoin de lui avant dix ou onze heures, exigeait que le prisonnier fût à sa disposition dès huit heures. A cette heure-là, les couloirs du Palais étaient encore éclairés et des femmes lavaient les dalles.

Manu entrait dans une petite pièce qu'on avait dénichée pour lui : des murs sales, un banc et, dans un coin, des seaux galvanisés et des balais. Un des gendarmes s'en allait pour boire son café et revenait avec son journal et des relents de rhum dans ses moustaches. C'était alors le tour de son collègue. L'ampoule pâlissait. On entendait des pas au-dessus des têtes : Ducup qui arrivait, s'installait pour la journée, rangeait ses papiers, faisait entrer le premier témoin...

Peut-être des gens, dans la ville, vivaient-ils encore avec d'autres idées, d'autres préoccupations, d'autres projets : pour quelques-uns le monde s'était en quelque sorte figé le 8 octobre quelques minutes après minuit.

« — *Vous êtes la nommée Sophie Stüff, cabaretière au lieu dit les Cloqueteaux?*

« — *Oui, monsieur le Juge.*

« — *Vous êtes née à Strasbourg et vous avez été mariée à un sieur Stüff, préposé au nettoyage de la voirie... Veuve avec deux filles : Éva et Clara, vous avez d'abord vécu à Brettignies, où vous faisiez des ménages... Vous avez été la maîtresse d'un certain Troulet, qui vous battait, ce qui vous a amenée à porter plainte contre lui...* »

Il s'agissait de la tenancière de l'*Auberge aux*

Noyés. Cinq pages en tout, y compris l'interrogatoire des deux filles. Mais Loursat, lui, était retourné là-bas, trois fois, quatre fois, il avait vu le portrait de Stüff à l'air ahuri, d'autres portraits, ceux des filles quand elles étaient petites, et celui de ce Troulet qui était gendarme et qui rossait sa maîtresse.

« — *Quel était le plus entreprenant de la bande? En somme, c'était toujours le même qui payait?*

« — *M. Edmond, oui!* »

Seulement Loursat savait, par Nicole, que chacun, avant de partir en bombe, remettait son argent à Dossin!

« — *Quand il dansait, il mettait sa casquette de travers et laissait pendre sa cigarette de ses lèvres. Il avait apporté des disques de javas, parce que nous n'en avions pas. Il se tenait très raide et prétendait que c'est ainsi qu'on danse dans les bals musette...*

« — *Il ne vous faisait pas la cour?*

« — *Il faisait semblant de nous mépriser...* (c'était Éva, la plus jeune, qui parlait). *Il nous appelait des « pisseuses »... Il feignait de croire que nous... dans la maison...*

« — *Dites-le!*

« — *Vous ne comprenez pas? Il pensait qu'il y avait des chambres, là-haut, et que nous montions avec n'importe qui... Il n'a jamais voulu en démordre...*

« — *Et il n'a pas non plus demandé à monter?*

« — *Non... Mais le charcutier...*

« — *Qu'est-ce qu'il faisait, le charcutier?*

« — *Il avait toujours ses mains ici ou là... On avait beau le repousser, il recommençait aussitôt...*

Quand ce n'était pas moi, c'était ma sœur, et il en aurait fait autant avec ma mère... Du moment que c'était une femme!... Il riait... Il racontait des histoires dégoûtantes... »

Ducup et Loursat ne se serraient plus la main. Quand Loursat entrait dans le bureau du juge, pour un interrogatoire de Manu ou une confrontation, ils se disaient froidement :

— ... Je vous en prie... Après vous... Si l'honorable défenseur...

Et Loursat semblait apporter au Palais, dans sa barbe, dans les plis de ses vêtements, dans ses moues et dans ses gros yeux, des relents d'un monde étrange où il plongeait, tout seul, des heures durant, pour en revenir avec une nouvelle proie, un nom inconnu la veille, un nouveau dossier jaune à ouvrir.

C'est lui qui avait découvert M. Pijollet! C'est lui qui avait amené, presque de force, le gras M. Luska, Éphraïm Luska, aux cuisses si épaisses qu'elles l'obligeaient à marcher les jambes écartées.

Le marchand de jouets, terrifié par la justice, balbutiait :

« — J'ai cru que mon fils était amoureux. Je l'ai dit à sa mère. Nous étions bien inquiets tous les deux... »

Le commissaire Binet s'enfonçait lui aussi dans les recoins de la ville et ramenait parfois un nouveau témoin.

Maintenant, la pile de dossiers était là, sur le bureau, le poêle ronflait par saccades, et Nicole se raidissait pour ne pas laisser voir qu'elle tombait de sommeil.

C'était elle qui servait de secrétaire, compulsait les notes, les minutes, rangeait, classait, les mettait au clair, sur un coin du bureau, toujours le même. Un jour, son père s'était trompé, lui avait dit : tu.

Il avait continué, surtout la nuit, quand il n'y avait plus qu'eux deux d'éveillés dans la maison, dans la rue, peut-être dans la ville, et que Loursat louchait en soupirant vers le placard aux alcools.

Car il ne montait plus qu'une bouteille de vin rouge par jour et il la ménageait! Parfois, il lui arrivait de tricher, de sortir du Palais par une petite porte, d'entrer dans un bistrot où on servait d'assez bon beaujolais.

Au début, il s'imposait de n'en boire qu'un verre. Puis il eut l'imprudence de faire le geste de remplir à nouveau et maintenant le patron versait le second verre sans attendre.

Par contre, il n'était plus ivre! Jamais! Au contraire! Le soir, comme maintenant, il aurait eu besoin, pour posséder tout son mordant, d'une bistouille supplémentaire.

— Je souligne une contradiction dans l'interrogatoire Bergot..., dit Nicole en faisant un gros trait de crayon rouge. Il prétend que c'est le 21 octobre qu'Émile est venu lui présenter la montre en vente... D'après le dossier, cela ne peut être que le 14 ou le 15... Bergot se trompe d'une semaine...

Bergot! Encore un dont, auparavant, on ne

soupçonnait pas l'existence! Qui était jamais entré dans sa boutique d'horlogerie, si étroite qu'on ne la voyait pas en passant et si mal placée, entre un boucher et une épicerie, derrière le marché?

C'était Bergot... Un grand gélatineux, au ventre pendant... Bergot qui sentait le rance et qui semblait sortir pour la première fois de son antre plein de vieux pendentifs, de montres détraquées et de bijoux invraisemblables...

Pourtant il vivait! Et d'autres! Et leurs noms, quand on les prononçait, n'avaient plus la sonorité des noms ordinaires.

C'est justement alors que sa fille lui parlait de Bergot que Loursat trouva, sans le vouloir, une définition de son propre état : il était, à ce moment-là, comme un savant qui vient de consacrer des années à un travail monumental, par exemple, à un ouvrage en dix volumes sur les coléoptères, ou sur la IVe dynastie.

Tout est là, sur la table! Avec des mots qui, pour la plupart des gens, sont creux, ou quelconques.

Bergot... Pijollet... Stüff...

Pour lui, ils sont gonflés de sens, de vie; de drame! La pile s'est édifiée comme une colonne et...

Il se leva à nouveau et, malgré le regard de sa fille, il ouvrit le placard, reprit une toute petite goutte de rhum.

Car, maintenant que c'était fini, il fallait garder la foi. Il ne fallait pas, en sortant du tunnel, se laisser reprendre par l'existence de tous les jours.

Ce qui existait, c'était Gros Louis, Gros Louis mort, bien entendu, car vivant il ne présentait aucun intérêt.

Et quelqu'un qui l'avait tué...

Quelqu'un d'autre ne l'avait pas tué : Émile, tantôt crispé et tantôt abattu, qui piquait parfois des colères, de vraies crises de nerfs, dans le bureau de Ducup en hurlant :

— Mais puisque je vous dis que je suis innocent !... Vous n'avez pas le droit !... Vous êtes un sale type !...

Il avait dit « sale type » au Ducup gominé ! D'autres fois, il parlait comme tout le monde, s'inquiétait de menus détails.

— Il y aura beaucoup de monde? C'est vrai qu'il viendra des journalistes de Paris?

Ducup, fatigué, avait profité des vacances de Noël pour se retremper à la montagne.

Cela devenait étouffant. Par moments, on avait l'impression de vivre, non parmi les hommes, mais parmi des ombres d'hommes.

Trois fois déjà depuis les événements le charcutier Daillat et son fils s'étaient battus, à coups de poings, à coups de pieds.

— Tu ne me fais pas peur! criait le jeune homme.

— Quand je pense que tu es un sale voleur...

— Tu n'as pas appris à voler, peut-être?

Et des gens d'intervenir. Une fois, il avait fallu appeler la police, car Daillat jeune avait la lèvre en sang!

173

Quant à Destrivaux, qu'on avait retrouvé à Paris et qui ne voulait à aucun prix revenir à Moulins, en prétendant qu'il avait honte, son père, le caissier, était allé le rejoindre. Ensemble ils avaient décidé que le jeune homme devancerait l'appel et entrerait tout de suite au régiment.

Il était dans l'intendance, à Orléans, avec une tunique trop large, ses lunettes, évidemment, et des boutons sur la figure.

Quatre interrogatoires et une confrontation avec Manu.

« — *Je ne comprends pas comment j'ai pu faire ça!... Je me suis laissé entraîner... J'ai toujours refusé de voler de l'argent, fût-ce à mes parents...* »

L'histoire des vols était étouffée. Le père Dossin avait payé pour tout le monde. On avait désintéressé les commerçants, et personne n'avait porté plainte. Le journal local s'était tu.

N'empêche qu'ils étaient quelques-uns, dans la ville, sur qui on se retournait. On pourrait presque dire qu'il y avait deux villes : celle qui existait on ne savait trop pourquoi, vide de substance et de sens, et l'autre, qui tournait autour de l'affaire Manu, pleine de coins d'ombre, de personnages inattendus que Loursat faisait surgir en attendant de les réduire à un nom dans le dossier.

— Tu ne seras pas trop fatiguée, demain?

Elle sourit avec ironie. Avait-elle jamais manifesté la moindre lassitude, le plus léger découragement? Elle était déroutante à force de rester elle-même, sereine, obstinée et il n'y avait pas jusqu'aux rondeurs de son visage et de son corps qui n'en devinssent presque choquantes.

Elle n'avait pas maigri. Elle n'avait pas pris de vacances. Chaque soir son père la retrouvait dans son bureau, égale, immuable.

Elle saisit un dernier dossier à l'écart des autres et qui ne contenait qu'une feuille de mauvais papier à lettres comme on en vend dans les épiceries. L'écriture était celle d'une femme sans instruction, l'encre, de l'encre décolorée de bureau de poste ou de bistrot, la plume avait crachoté.

Monsieur,

Vous aviez raison d'affirmer que Manu est innocent. Ne vous en faites pas pour lui: Je sais qui a tué Gros Louis. Si Manu est condamné, je le dirai.

C'était arrivé par la poste le lendemain de Noël, et toutes les enquêtes, y compris celle que Loursat avait exigée de la police, avaient échoué.

Il avait pensé à Angèle l'ancienne bonne, celle qui était venue le faire chanter et qu'il avait soupçonnée un moment d'avoir tué Gros Louis.

Angèle était placée dans un café de Nevers. Il était allé la voir, avait obtenu un échantillon de son écriture.

Ce n'était pas elle.

Il avait pensé aussi à l'amie de Gros Louis, cette femme des environs de Honfleur à qui la victime envoyait de l'argent. Résultat négatif.

On avait cherché dans les deux maisons closes de la ville, puisque c'est là, souvent, que les assassins en mal de confidences vont se soulager.

Ducup prétendait qu'il s'agissait d'une farce, sinon d'une manœuvre douteuse de la défense.

On avait attendu une seconde lettre, car ceux qui envoient des missives de cette sorte se contentent rarement d'une manifestation isolée.

Et voilà que cette nuit-là — il était une heure moins dix — Nicole et Loursat sursautaient, se regardaient, car la cloche venait, dans le hall, de sonner à toute volée...

On entendit la Naine s'agiter dans son lit; mais, terrorisée, il n'y avait pas de danger qu'elle descendît ouvrir.

Loursat était déjà à la porte. Il descendait l'escalier, traversait le hall, cherchait les verrous.

— J'ai vu de la lumière..., dit une voix qu'il reconnut.

Et Jo le Boxeur entra en grommelant :

— On peut vous causer un moment?

Si Loursat avait passé maintes soirées au *Boxing Bar*, Jo n'avait jamais mis les pieds dans la maison, et il ne put s'empêcher de regarder autour de lui avec curiosité. Dans le bureau, il salua Nicole, hésita à s'asseoir ou à rester debout.

— Je crois que je viens de faire une bêtise! dit-il enfin en s'asseyant d'une seule fesse sur le coin du bureau. Vous allez m'engueuler et vous aurez raison...

Il prit une cigarette dans le paquet qu'on lui tendait, mesura de l'œil une pile de dossiers.

— Vous savez comment ça va le soir au bistrot... Il y a des jours creux... Aujourd'hui, on était quatre. Vous connaissez Adèle, Adèle Pigasse de son vrai nom, celle qui louche un peu et qui fait le tapin au coin de la rue... Elle est avec un lutteur forain, Gène de Bordeaux, qui était là aussi... Puis la Gourde, la grosse qui a la spécialité des soldats... On faisait une belote, gentiment, en attendant l'heure de se coucher... Je ne sais pas pourquoi je dis tout à coup :

« — L'avocat a été gentil. Il m'a donné une carte...

« Parce que nous, on vous appelle toujours l'avocat... Alors, Adèle s'informe si c'est une carte pour le procès... Elle me demande si je ne pourrais pas lui en obtenir une... Je lui réponds que c'est très difficile, vu que tout le monde en veut...

« Là-dessus, on commence déjà à se chamailler.

« — T'aurais pu penser aux copines ! qu'elle me fait.

« — T'avais qu'à la demander à lui-même...

« — C'est plus ma place que la tienne...

« — Je serais curieux de savoir pourquoi...

« — Parce que !

« Vous voyez ça d'ici ! Tout en continuant à jouer !

« — Tu te serais levée à huit heures pour aller au procès ? que je m'étonne tout à coup.

« — Bien sûr ! ! !

« — Elle dit ça ! grogna Gène. Si on jouait sérieusement ?

« — Je le dis et je le ferai... Si je voulais une carte, d'ailleurs, j'en aurais une plus vite que n'importe qui !...

« — Je serais curieux de savoir comment ?

« — Et au premier rang, encore !

« — Avec les juges peut-être ?

« — Avec les témoins !

« — D'abord, les témoins sont pas au premier rang, mais dans une pièce à côté. Ensuite, tu n'es pas témoin...

« — Parce que je ne veux pas.

« — Parce que t'as rien à dire !

« — Ça va, jouons...

« — Pourquoi tu tires cette tête-là ?

« — Moi ? Je tire une tête...

« Et ça dure. Gène la regarde drôlement. Adèle, d'habitude, n'est pas une fille qui fait des manières. On finit la partie. Je paie le dernier verre. Alors Adèle qui déclare :

« — A la santé de l'assassin !

« — Tu le connais, des fois ?

« — Si je le connais !

« — Hein ?

« Et la Gourde de soupirer :

« — Vous ne voyez pas qu'elle essaie de se rendre intéressante ?...

« Moi, vous comprenez, je sens qu'Adèle a quelque chose de pas ordinaire. Je la pousse. Je sais comment la prendre. Je fais semblant de ne pas la croire.

« — Bien sûr, que je le connais ! Même que je sais où il a jeté son revolver...

« — Où ?

« — Je ne le dirai pas... Un soir qu'il n'en pouvait plus...

« — T'as couché avec lui?

« — Trois fois...

« — Qui est-ce?

« — Je ne le dirai pas...

« — Mais tu me le diras à moi! déclare Gène.

« — Pas plus à toi qu'à un autre!

« Là, j'ai fait le couillon. Je me suis emballé. J'ai rappelé à Adèle qu'elle avait une sérieuse ardoise, et encore que c'est chez moi que, l'été, quand elle n'avait pas de quoi croûter, elle venait manger des sandwiches à l'œil...

« — Si tu ne me le dis pas...

« — Non, je ne le dirai pas!

« Vlan! je lui envoie une gifle en pleine figure! Je lui crie qu'elle me dégoûte, qu'elle est une raclure, une ingrate, une...

« J'avais tellement envie de savoir que je me rappelle plus ce que je lui ai sorti... A la fin, je l'ai flanquée à la porte, et Gène avec elle, car il s'était mis à prendre son parti... Or, Gène n'ignore pas que, si je voulais parler... Enfin! C'est une autre histoire et ce qu'il a fait ne nous regarde pas...

« Et voilà!... Après, avec la Gourde, on s'est regardés en se demandant si on avait bien fait... J'ai pensé que, comme c'est demain que ça commence, vous ne seriez peut-être pas couché...

— Vous connaissez son écriture? questionna Loursat en ouvrant le plus plat des dossiers.

— J'ignore même si elle a appris à écrire... Attendez!... Oui! Deux fois elle a écrit, chez moi, au sanatorium où elle a un fils... Car elle a un fils de cinq ans en sana... Mais je n'ai pas vu l'écriture...

— Où habite-t-elle?

— Près de chez moi... Dans la maison de la Morue, une vieille qui a quatre chambres au fond d'une cour et qui les loue à la semaine...

*

Loursat s'était tourné vers son placard et furtivement, presque malgré lui, il avait bu une gorgée de rhum.

Un quart d'heure plus tard, il pénétrait, derrière Jo, dans le couloir obscur d'une maison croulante. Le ruisseau était formé par le milieu dénivelé du couloir. Au fond, une cour pavée, des seaux, des poubelles, du linge sur des fils de fer.

Jo frappa à une porte. Dedans, ça remua. Une voix pâteuse demanda :

— Qu'est-ce que c'est?

— C'est moi, Jo!... J'ai besoin de parler tout de suite à Adèle...

La voix devait sortir du fond d'un lit.

— Elle n'est pas ici.

— Elle n'est pas rentrée?

— Elle est revenue et elle est repartie.

— Avec Gène?

— Je ne sais pas avec qui.

Une fenêtre s'ouvrit au-dessus d'eux. Une tête étrange, en partie éclairée par la lune, émergea, celle de la Gourde.

— Je crois que Gène l'attendait dans le couloir... Tu leur as fait peur, Jo!...

— Je voudrais lui parler, dit Loursat à voix basse.

— Dis donc! On peut monter un instant?

— C'est que la chambre n'a pas été faite...

Ils gravirent un escalier tournant, sans lumière. La Gourde parut, en peignoir à ramages, une lampe à pétrole à la main.

— Je vous demande pardon de vous recevoir ainsi, monsieur Loursat... J'ai eu deux fois du monde et...

Elle avait poussé le bidet d'émail derrière le lit.

— Vous permettez que je me recouche? On gèle, ici!

— Je désire vous poser une question... Vous travaillez à peu près dans le même secteur qu'Adèle... Peut-être savez-vous lequel des jeunes gens a eu des relations avec elle?...

— Avant ou après?

Ce fut involontairement qu'il questionna :

— Après quoi?

— Après Gros Louis!... Après l'histoire, enfin! Avant, je sais qu'il y a eu M. Edmond... Et même... Tenez!... Je peux vous le dire à vous... C'était la première fois... Il voulait faire l'expérience... Il paraît... Enfin, il paraît que c'était difficile... Vous comprenez?

— Et après?

— Je ne sais plus... Elle m'avait raconté ça parce qu'il avait pleuré de rage et qu'il lui avait donné cent balles à condition qu'elle n'en parle à personne...

— Vous ne l'avez jamais vue avec un des autres?

— Attendez... Je réfléchis... Non!... On s'arrange plutôt pour ne pas nous gêner... Les hommes, la plupart du temps, essaient de se cacher...

— Vous ne savez pas où elle est allée?

— Elle n'a rien dit... Je sais seulement qu'elle a une sœur mariée à Paris... C'est du côté de l'Observatoire... Elle est concierge... Elle a aussi un frère dans les gardes mobiles, mais j'ignore où...

Ducup fut réveillé en sursaut par un coup de téléphone. Puis le commissaire de police. Des hommes quittèrent le poste, des agents cyclistes et d'autres à pied. A trois heures du matin, le commissaire Binet sortait à son tour de chez lui.

Et il y eut, cette nuit-là, des factionnaires autour de la gare, des stations d'autocars, lors des premiers départs matinaux tandis que dans tous les hôtels on réclamait leurs papiers aux voyageurs.

A huit heures du matin, le Palais de Justice ouvrait ses portes et, derrière les barrages, sous un ciel glacé, deux cents personnes se bousculaient.

II

C'était fatal, et pourtant il ne put s'empêcher de froncer ses sourcils touffus : Mme Manu
était là, dans le cagibi où son fils attendait entre
deux gendarmes. Et le plus saugrenu, c'est que
Loursat eut comme une bouffée de première
communion ou de mariage. Ces gens, dans les
rues glacées, qui, les mains dans les poches et
le nez rouge, s'acheminaient tous vers un même
point à l'heure où les cloches des paroisses sonnaient la messe... Ces cartes qu'il fallait montrer
pour entrer, ces avocats en robe qui couraient
sans raison avec tant d'importance... Enfin Manu,
vêtu de neuf des pieds à la tête d'un complet
bleu marine que sa mère avait jugé plus habillé,
chaussé de souliers vernis qui sentaient le neuf
aussi et qui craquaient... Ne venait-elle pas de
lui arranger le papillon de sa cravate à pois?

Elle était en grande tenue, avec une pointe
discrète de parfum. Elle pleurait sans pleurer,
c'était chez elle une habitude. Elle se précipitait
vers l'avocat et il crut, un moment, qu'elle allait
enfouir la tête dans sa poitrine.

— Je vous le confie, monsieur Loursat!... Je
vous confie tout ce qui me reste au monde...

Mais oui! Mais oui! Si jamais l'affaire durait encore un peu, si, par exemple, on allait en cassation, il en arriverait sûrement à la détester de toutes ses forces. Elle était trop bien! C'était trop « ça », de la modestie, de la dignité, de la bonne éducation, du sentiment!

Comment aurait-on pu ne pas la plaindre? Elle était veuve. Elle était pauvre. Elle avait travaillé pour élever son fils. Elle ne lui avait donné que de bons exemples, et il n'en passait pas moins en cour d'assises...

Elle aurait dû être un personnage de tragédie, et le fait est que, par instants, elle était émouvante, quand soudain elle perdait pied, sans raison, qu'elle oubliait sa situation, qu'elle regardait autour d'elle avec l'angoisse d'un gosse qu'on a perdu dans la rue.

Loursat ne l'aimait pas. Tant pis. Il était sûr qu'Émile avait toujours trépigné d'impatience dans leur petite maison trop propre de la rue Ernest-Voivenon.

— Vous gardez de l'espoir, monsieur Loursat?

— Certainement, madame! Certainement!

C'était la bousculade. Chacun craignait d'oublier quelque chose. Le président, déjà en robe rouge dans la coulisse, entrouvrait parfois la porte du prétoire, s'inquiétait de savoir s'il ferait assez chaud, car du givre dépolissait les vitres et la lumière avait l'éclat de l'acier.

Loursat jeta un coup d'œil dans la salle des témoins et vit Nicole, bien sage au bout d'un banc.

La police n'avait pas encore trouvé Adèle Pigasse, ni Gène de Bordeaux. Ducup avait une sale tête, des yeux de lapin russe, car sa santé n'était pas magnifique, et, après le coup de téléphone de Loursat, il n'avait pu se rendormir.

— Messieurs, la Cour!

Loursat, manches flottantes, fonçait vers son banc avec une telle moue qu'on s'attendait à entendre un sourd grognement. Il posait la pile de dossiers devant lui, les quatre-vingt-dix-sept chemises jaunes, avec une satisfaction menaçante et regardait dans la salle, côté juges, côté public, en frémissant de tous ses poils.

On tira les jurés au sort.

— Pas d'opposition de la défense?

— Pas d'opposition...

Jo le Boxeur était présent, au premier rang, avec l'air de quelqu'un de la famille. On procéda à l'appel des témoins, pendant que la salle restait emplie de vacarme.

— Cette affaire étant très délicate, prononça tristement le président, j'avertis le public que je ne tolérerai aucune manifestation et qu'au premier incident je ferai évacuer la salle...

M. Niquet, tel était son nom. Il fréquentait dans la maison des Loursat du temps du père. Personne n'avait plus de bonne volonté que lui. Il en avait trop, et ses yeux clairs, bleus comme des yeux d'ange, prenaient chacun à témoin de ses efforts.

Par malheur, il y avait son menton, son menton et sa bouche. Le menton était exactement aussi large que le reste du visage, aplati par surcroît, et la bouche allait d'une oreille à l'autre, toujours entrouverte. C'était une réelle infirmité, car, alors que M. Niquet était sérieux ou triste, ceux qui ne le connaissaient pas pouvaient penser qu'il riait d'un rire sardonique ou idiot.

— Je préviens tout de suite messieurs les jurés que M. le Procureur général a renoncé à un des principaux témoins de l'accusation, M. Hector Loursat de Saint-Marc, afin que celui-ci puisse assumer la défense de l'accusé. Ce témoignage, d'ailleurs, est rendu inutile par le fait que l'accusé ne nie aucun des points fixés au début de l'enquête par M. Loursat de Saint-Marc...

On regardait l'avocat, et, comme un fauve de ménagerie, il tournait lentement la tête vers le public, dont il flairait la curiosité.

Quant à Émile, à son banc, entre ses gendarmes, il avait vraiment l'air, en bleu, avec sa cravate à pois blancs, d'un premier communiant, en tout cas d'un tout jeune homme; et parfois, quand il avait fait une provision de courage en regardant par terre, il jetait un coup d'œil anxieux vers la foule où il repérait des visages connus.

Il faisait froid, malgré tant de monde, et comme les débats dureraient au moins trois jours, le président fit une parenthèse pour promettre aux jurés qu'il s'occuperait, dès la suspension, de l'installation d'un poêle de fortune.

Lecture de l'acte d'accusation. Interrogatoire d'Émile, qui répondit simplement, l'œil rivé à son avocat.

Puis Loursat, tous poils dehors.

— Monsieur le Président, un fait nouveau m'oblige à demander à la Cour la remise des débats à une date ultérieure. Une femme, cette nuit, a déclaré qu'elle connaissait l'assassin de Gros Louis.

— Où est cette femme?

— La police est à sa recherche. Je demande qu'une citation lui soit adressée par tous moyens et qu'en attendant...

On délibéra à n'en plus finir. On consulta Rogissart, qui fit appeler Ducup.

— Il est entendu que les recherches continueront et que la fille Adèle Pigasse sera amenée le plus tôt possible. Cela n'empêche pas de commencer l'audition des quatre-vingt-dix-sept témoins... Faites entrer le premier témoin!

C'était Ducup qui, pendant une heure et quart, allait faire le compte rendu détaillé de son instruction.

« ... *Dix-huit ans... S'est déjà signalé par de menus vols chez ses premiers patrons... Solitaire et ombrageux. Jusqu'au jour où il pénètre dans le petit groupe du Boxing Bar, qui ne s'est jamais signalé à l'attention... S'enivre... Par gloriole, vole la voiture d'un honorable citoyen... Car Manu est un orgueilleux, un insatisfait, de ceux dont on fait les révoltés... Ce qui l'intéresse, c'est moins de s'amuser comme les jeunes gens de son âge que de s'introduire — et par la porte de service! — dans une maison patricienne qui l'impressionne...* »

Ducup coupait comme un canif bien aiguisé,

retroussait les lèvres, se tournait de temps en temps vers Loursat.

« ... *Ses réponses, ses attitudes, sont inspirées par le même orgueil, et jusqu'à sa fausse tentative de suicide par laquelle, au moment d'être arrêté, il s'obstine encore à se rendre intéressant...* »

Loursat ne pouvait s'empêcher de regarder Émile Manu, et un vague sourire flottait dans sa barbe.

Tout cela était vrai, il le sentait! Le gamin que rongeait la conscience de son infériorité...

Un jour que Loursat était allé voir Mme Manu rue Ernest-Voivenon, Émile, à son retour, lui avait demandé avec un rictus amer :

— Elle vous a montré les aquarelles?... Il y en a du haut en bas de la maison... C'était le grand idéal de mon père... Tous les soirs, tous les dimanches, il travaillait d'après les cartes postales...

Un peu plus tard, il avait éprouvé le besoin d'expliquer :

— Dans ma chambre, il y a un lavabo, avec une cuvette, une aiguière à fleurs roses... Seulement, je n'avais pas le droit de m'en servir, parce que ça casse... En se lavant, on éclabousse... Si bien que je disposais d'une cuvette émaillée sur une table de bois blanc, avec un bout de linoléum par terre...

Il avait souffert de tout, de son imperméable bon marché dont la teinte était vilaine, de ses souliers deux ou trois fois ressemelés, et sans doute du respect instinctif avec lequel sa mère lui parlait des gens riches et des jeunes filles à qui elle donnait des leçons.

Il avait souffert, chez Georges, de servir ses anciens camarades d'école et d'être obligé, chaque matin, avec un plumeau, d'enlever les poussières sur les rangs de livres !

Souffert d'être enfermé toute la journée, de ne voir couler la vie qu'à travers la vitrine...

D'apercevoir, dès onze heures, des jeunes gens comme Edmond Dossin qui, quelques bouquins sous le bras, sortaient de l'École des Hautes Études et parcouraient quatre ou cinq fois la rue d'Allier avant d'aller déjeuner...

Et quand il devait faire des courses, déambuler en ville avec de gros paquets, sonner chez les clients où parfois les domestiques lui donnaient un pourboire !

Ducup ne disait pas tout. Il ne connaissait pas ces détails.

« — *Révolté... Ombrageux...* »

Cela suffisait ! Avec l'aggravation :

« — *Il n'a eu cependant que de bons exemples sous les yeux...* »

Le regard de Loursat alla chercher celui du gamin. De bons exemples ! Mais justement, sacrebleu !... Il fallait voir le portrait du père, si doux, si content malgré ses pommettes roses de tuberculeux et ses épaules étroites !

Dessinateur industriel chez Dossin, aux machines agricoles, il prononçait : directeur des services techniques !

Il était originaire de Capestang. Il n'avait plus que sa mère. Quand il était mort, il avait fallu continuer à envoyer à celle-ci deux cents francs par mois pour vivre, et la vïeille écrivait sur ses cartes de visite : *Émilie Manu, rentière à Capestang!*

La mère d'Émile n'avait-elle pas fait graver sur une plaque de cuivre : *Professeur de piano,* alors qu'elle n'avait aucun diplôme et qu'elle ne pouvait que dégrossir des enfants ou donner une vague teinture musicale à des jeunes filles indifférentes?

Et les beefsteaks! Émile y avait fait allusion, une fois : les morceaux de viande éternellement trop petits, trop minces... Avec la phrase rituelle :

« — *Il faut que tu prennes des forces...* »

Qu'est-ce que Ducup pouvait y comprendre? Et tous ceux qui étaient dans la salle?

« — *L'enquête établit que, jusqu'à cet automne, Émile Manu n'a guère eu qu'un ami, ou plutôt un camarade, Justin Luska, fils d'un commerçant, qui travaille juste en face de la librairie Georges où Manu était occupé... Auparavant, les deux jeunes gens ont fait leurs classes ensemble à l'école communale... Il est à remarquer que Manu, très bon élève, apprenant facilement, était fort bien noté... Luska, au contraire, à cause de ses cheveux roux, de son nom, de son véritable prénom qui est Éphraïm et de l'origine orientale de son père, était la bête noire de ses camarades...*

« *Deux enfants, deux tempéraments qui déjà se dessinent... Luska, doux, patient, subit sans mot dire les plaisanteries les plus grossières et parfois les plus brutales...* »

C'était toujours vrai! Sauf que Ducup, bien entendu, n'y comprenait rien! Vrai encore que Luska, pour apprendre le commerce, n'avait pas honte d'être vendeur au Prisunic, vendeur à l'étalage, sur le trottoir, aboyeur, comme on dit; ce qui est bien le poste le plus humiliant et le plus pénible.

Il s'habillait mal, et cela lui était indifférent. On lui répétait qu'il sentait mauvais, comme la boutique de son père, et il ne protestait pas. Les patrons du Prisunic interdisaient aux employés de l'extérieur de porter un pardessus, qui leur aurait donné l'air de victimes et, obéissant, il passait l'hiver avec deux chandails superposés sous son veston.

« — *J'ai tenu à établir que c'est Manu qui a insisté auprès de son camarade pour être présenté à un groupe de jeunes gens qu'on pourrait appeler, non sans quelque romantisme, la jeunesse dorée de la ville... Ce soir-là, il pleuvait et, dès huit heures et demie Manu attendait Luska sous la grosse horloge qui sert d'enseigne à M. Truffier, rue d'Allier... Luska est arrivé en retard, car sa mère, comme cela lui arrive fréquemment venait d'avoir une crise cardiaque...*

« *Les deux jeunes gens se sont dirigés vers le* Boxing Bar, *où ils devaient retrouver le groupe qui en avait fait son lieu de réunion...* »

Loursat, qui semblait sommeiller, leva lentement la tête, car Ducup en était arrivé au point difficile.

« — *Aucune plainte n'ayant été déposée, aucun préjudice subi, la justice n'a pas cru devoir retenir*

certains faits et gestes des membres de ce groupe...
Mettons que ces jeunes gens aient subi le mal de
l'époque, qu'ils se soient laissé impressionner par
certaine littérature, par certains films, par certains
exemples contre lesquels ils n'ont pas eu la force
morale de se défendre... »

Et Ducup, content de sa finesse :

« — *Nous n'avons pas connu l'époque où le*
romantisme voulait que les jeunes gens se crussent
poitrinaires. Les plus âgés d'entre nous ont connu
celle où l'officier de cavalerie était le type idéal,
puis, plus près de nous, l'époque des « fêtards » et
des « cercleux »... Nous vivons maintenant l'époque-
gangster, et nous ne devons pas nous étonner si... »

Loursat se donna la satisfaction de distiller
dans sa barbe :

— Crétin !

C'était trop facile ! C'était vrai et faux ! D'ailleurs, il était le seul à savoir, épais, monstrueusement épais au milieu des fantoches.

Il n'avait rien bu, ce matin-là. Il attendait la
suspension d'audience pour se précipiter au bistrot d'en face et avaler deux ou trois verres de
vin rouge; de temps en temps, il mâchait à vide
son mépris ou ses rancœurs, d'où le mauvais goût
qu'il avait toujours le matin à la bouche.

Quand il était jeune, il s'était à peine avisé de
l'existence d'êtres comme Émile Manu, pauvres
et impatients, gênés à toutes les entournures.

S'était-il vraiment aperçu de quelque chose? Il
vivait comme dans les tragédies, parmi les nobles
sentiments; et, quand il avait aimé, il l'avait fait

intégralement, sans laisser place au doute ou au terre à terre.

N'était-ce pas extraordinaire d'y penser dans cette salle qui existait déjà à cette époque et qui voyait défiler alors des causes toutes pareilles?

Et lui n'avait rien vu! La ville était identique, c'était fatal, avec les Rogissart, les Ducup, sa sœur Marthe, Dossin déjà élégant, et les bas quartiers, des bars comme celui de Jo, des femmes furtives sur les trottoirs.

Lui, Loursat, vivait dans un monde idéal, mêlant l'étude et l'amour. Ou plutôt...

Il aimait! Donc, c'était suffisant! Il aimait à l'intérieur, au plus profond de lui-même! Quel besoin, dès lors, de le montrer, de se livrer à des démonstrations plus ou moins grotesques?

Il embrassait sa femme, s'enfermait dans son cabinet, la retrouvait pour les repas. Elle attendait un enfant, et il en était heureux. Il eut une fille et il passa trois ou quatre fois par jour dans la nursery.

Pour parler comme Ducup, c'était l'époque *traditionnelle*. La ville était aussi nette qu'un jeu de construction : le Palais, la Préfecture, la Mairie et l'Église! Les Magistrats et les Avocats! La grosse bourgeoisie et, en dessous, des gens qu'on ne connaissait pas, qui vont le matin au bureau ou au magasin, puis les commerçants qui lèvent bruyamment leurs volets dans le petit jour...

Cette époque-là, pour lui, s'achevait du jour au lendemain par le départ de Geneviève avec Bernard!

Et, au lieu de crier et de gémir, il effaçait tout d'un seul coup, comme au tableau noir.

Rien que des imbéciles! Une ville d'imbéciles, de pauvres humains qui ne savaient pas ce qu'ils faisaient sur terre et qui marchaient droit devant eux comme des bœufs sous le joug, avec parfois un grelot ou une clochette au cou!

La ville n'était plus qu'un décor autour d'un petit trou que Loursat animait de sa vie, de sa chaleur, de son odeur, de son mépris hautain : son cabinet et, au-delà de son cabinet, une sorte de *no man's land*, une maison en désordre où poussait une petite fille qui ne l'intéressait pas...

Les juges! Des idiots! Et pour la plupart des cocus!

Les avocats? Des idiots aussi et, pour quelques-uns, des fripouilles!

Tout le monde!

Les Dossin qui ne pensaient qu'à avoir la plus belle maison de la ville et Marthe qui lançait la mode des maîtres d'hôtel en gants blancs, qu'on n'avait plus vus à Moulins depuis bien avant la guerre!

Rogissart qui pèlerinait dans l'espoir de décider le ciel à lui donner un enfant — sans doute un enfant long et maigre comme lui et sa femme!

Ducup qui deviendrait quelque chose, parce qu'il faisait tout ce qu'il fallait pour cela!...

Un bon poêle, du vin rouge, rouge sombre, et des livres, tous les livres de la terre. C'était là le monde de Loursat. Il savait tout! Il avait tout lu! Il pouvait ricaner seul dans son coin.

— Tas d'idiots!

Il ajoutait volontiers :

— D'idiots malfaisants !

Et voilà qu'un coup de feu éclatait dans sa maison, qu'il y trouvait comme un nid de gamins !

Puis que, derrière eux, il se mettait à courir la ville...

Qu'il découvrait des gens, des odeurs, des sons, des boutiques, des lumières, des sentiments, un magma, un grouillement, de la vie qui ne ressemblait pas aux tragédies, et les idiots passionnants, des rapports inattendus, indéfinissables entre les gens et les choses, des courants d'air au coin des rues et un passant attardé, une boutique restée ouverte, Dieu sait pourquoi, et un petit jeune homme nerveux, tendu, qui attend, sous une grosse horloge familière à toute la ville, un camarade qui doit le conduire vers l'avenir...

De temps en temps, il s'agitait en grognant, et tout le monde se tournait vers lui, Ducup le premier, qui craignait de perdre le fil de son discours, bien qu'il l'eût appris par cœur.

Personne ne comprenait qu'il fût là, lui, Loursat, qui aurait dû en profiter pour effectuer un voyage ou pour être malade au lit. Sa sœur le lui avait dit. Est-ce qu'elle n'était pas malade, elle ? Est-ce que son fils n'avait pas été malade au point d'avoir besoin du climat de la Suisse ?

Dossin était venu le trouver aussi, et Rogissart, qui lui parlait, non seulement en tant que parent, mais en tant que magistrat.

En somme, au banc de la défense, c'était

presque lui l'accusé! Et que ferait-il quand on parlerait de sa fille?

Car il faudrait en parler! Ducup y arrivait, par petits coups, avec des détours.

« — ... *Ce qui nous montre que ces jeunes gens étaient plus imprudents que méchants, c'est que, après l'accident provoqué par Émile Manu, ils n'ont pas eu un instant l'idée d'abandonner le blessé sur la route, malgré ce que leur situation avait de périlleux... Cette attitude, malheureusement, ne peut être retenue à l'actif de l'accusé, qui avoue qu'à ce moment il était occupé à vomir sur le bas-côté de la route et qu'il ne savait plus où il était...*

« *M*ᶦˡᵉ *Loursat a fait preuve alors de pitié et de sang-froid. Elle a accepté que ce fût chez elle que...* »

Et lui, Loursat, avait envie de prononcer, comme le faisait sans cesse un doux maniaque lors d'un meeting auquel il avait assisté par hasard :

« Pas vrai! »

S'il ne le disait pas, son attitude dédaigneuse le proclamait.

Ce n'était pas vrai! Rien n'était vrai! Ni la pitié, ni même le sang-froid. Car ce sang-froid-là, que tout le monde attribuait à sa fille, il commençait à le connaître. Il savait maintenant qu'il lui venait justement aux moments où elle se sentait le plus en déroute.

La vérité, c'est d'abord qu'ils étaient tous saouls. Il les avait questionnés un à un. C'est à peine si chacun se souvenait de ce qu'avaient fait les autres. La pluie tombait, brouillait tout. Ils ne savaient pas au juste ce qui était arrivé. L'essuie-glace continuait à marcher. Émile, qui avait cru voir du sang, vomissait en se raccrochant à un arbre.

Une auto était passée en sens inverse, et comme la voiture n'était pas bien rangée, quelqu'un avait crié :

— Tas d'idiots !

Gros Louis remuait. On ne savait pas encore qui c'était; mais, juste dans la lumière rouge du feu arrière, on voyait un être bouger, s'accroupir, essayer de se dresser, un demi-visage rouge de sang, des yeux qui paraissaient hagards, une jambe étrangement disloquée.

— Ne partez pas !... criait une voix. Ne partez pas !... Au secours...

Et en vérité, c'est surtout pour le faire taire qu'on s'était approché de lui.

— Vous m'avez eu, hein, salauds ! leur disait-il. Faut me conduire quelque part, maintenant... Surtout pas d'hôpital... Et surtout pas de flics, vous entendez ?... Qu'est-ce que vous êtes ?... Merde ! Des mômes...

Voilà la réalité ! C'était lui qui avait commandé ! Daillat, le charcutier, l'avait porté; aidé par Destrivaux qui perdait sans cesse ses lunettes et qui tenait les pieds. On avait oublié Émile. Il s'était laissé aller au pied de l'arbre, et il fallut le porter, lui aussi, l'introduire, mou, mouillé et sale, dans la voiture.

On le saurait tout à l'heure lors de l'interrogatoire de Nicole. Elle ne parlait pas de pitié, elle ! Elle répondait simplement à une question :

« — C'est lui! Il nous a dit d'aller chercher un docteur, mais de ne rien dire à la police. Edmond avait déjà remarqué ses tatouages...

« — Qui est allé chercher le docteur?

« — On a décidé que ce serait Edmond parce qu'il le connaissait mieux... »

On entendrait le docteur Matray aussi. Son témoignage était là, dans la serviette numéro 17.

« — J'ai d'abord cru que le blessé était seul avec Mlle Loursat et son cousin Dossin. Puis j'ai vu bouger la porte de la chambre voisine. Ce n'est que peu à peu que j'ai découvert qu'ils étaient toute une bande de jeunes gens, malades d'émotion et de peur... L'un d'eux était couché par terre, et j'ai conseillé de le laisser dormir car il était manifestement ivre... »

Pauvre Matray, qui soignait les meilleures familles de la ville et qui avait cet aspect solennellement honnête des héros de Jules Verne!

« — J'ai voulu connaître l'attitude de chacun d'eux au cours de cette nuit... », poursuivait Ducup, qui avait l'onglée et qui faisait parfois claquer ses doigts.

Pas vrai! C'était Loursat qui l'avait exigé!

« — Mlle Loursat a fait preuve d'un courage remarquable et, de l'avis du docteur Matray, elle s'est conduite comme une véritable infirmière... »

Parbleu! Dans ce cas-là, Nicole continuait à vivre sur la force acquise, machinalement, et c'est ce qui lui donnait un aspect si calme!

« — M. Edmond Dossin, très inquiet, sollicitait un conseil du praticien, qui ne pouvait lui en donner... Il vous dira tout à l'heure... »

Dira quoi? Que ce n'était pas sa faute! Qu'il était prêt à payer l'admission du blessé dans une clinique! Qu'il avait proposé de faire agir, en faveur de Gros Louis, un député ami de son père...

Destrivaux, enfin, qui avait perdu ses lunettes, ne voyait cette scène qu'avec ses yeux de myope, qu'avec sa pauvre mentalité de Destrivaux!

Il y aurait bien quelqu'un pour demander à Loursat :

« — *Et vous n'avez vraiment rien entendu?* »

Il ne leur parlerait même pas des longs couloirs, des escaliers, des deux ailes de sa maison. Il dirait :

« — *J'étais saoul, Messieurs!* »

Ce qui n'était pas vrai non plus. Il était comme les autres soirs, chaud, engourdi, épais, emmitouflé dans sa solitude.

Les jurés essayaient de prendre un air indifférent et grave, car il y avait là-dedans trop de gens qu'ils connaissaient. La foule attendait le départ de Ducup et l'entrée des vrais acteurs. Parfois, quelqu'un venait parler à l'oreille de Rogissart, qui occupait le siège du ministère public et qui avait une boîte de pastilles de menthe devant lui.

Ces allées et venues signifiaient :

— On ne l'a pas encore retrouvée!

La fille Pigasse! Car, ici, Adèle devenait la fille Pigasse!

Un coup d'œil de Rogissart à Loursat :

— Non... Rien... Pas encore... Suis au regret...

Ducup commençait à avoir les lèvres sèches, le débit moins rapide. Il ne voyait pas Loursat mais le sentait, là, à sa droite, ramassé et méphistophélique.

« — *C'est cette nuit-là, vers quatre heures du matin, que l'accusé a amorcé ses relations avec* Mlle *Loursat, qui le veillait en même temps que le blessé...* »

On avait tout fait pour lui éviter ça! On avait supplié Loursat de ne pas paraître dans le procès, non seulement pour lui, mais pour sa famille, pour ses confrères, pour tout ce que Moulins compte de gens bien!

Il préférait s'étaler au premier rang! Et s'il leur avait dit de quoi il souriait à cet instant précis?... De ce que, le matin, avant de venir au Palais, il avait failli couper sa barbe! Une farce qu'il leur aurait faite! Il se serait présenté rasé de frais, les cheveux soignés, avec un faux col impeccable!...

« — *Dans son troisième interrogatoire, le 18 octobre, l'accusé nous dira que, s'il s'est introduit, par le truchement de son camarade Luska, dans un milieu qui lui était étranger, c'était précisément par amour pour* Mlle *Loursat... Ainsi tente-t-il d'expliquer son attitude cette nuit-là quand, réveillé, encore malade, il se livra à de longues déclarations enflammées...*

« Mlle *Loursat, de son côté, nous déclarera :*

« — *Il avait honte de ce qui s'était passé et du désordre de ses vêtements... Il m'a suppliée de lui pardonner... Il était très ému... Il m'a avoué qu'il n'avait cherché qu'à se rapprocher de moi...* »

Ducup, en tant que témoin, n'avait pas droit à des notes. Il était obligé, parfois, de fermer les yeux, pour retrouver exactement la phrase préparée, un repère, la cote d'un document.

« — *Il est certain que, par la suite, Manu s'est introduit dans la maison aussi souvent que les circonstances le lui permettaient. Je n'irai pas jusqu'à prétendre qu'il ait profité cyniquement de l'accident qui lui donnait une excellente excuse...*

« *Cependant...* »

Pas vrai! Ducup n'avait jamais eu dix-huit ans, de l'amour et de l'ambition à en étouffer! Loursat non plus. Mais Loursat venait de renifler les dix-huit ans des autres!

« — *Dès lors, il viendra chaque soir, je pourrais dire chaque nuit, puisque certains jours il ne rentrera au domicile de sa mère qu'à trois heures du matin... Il entre comme un voleur, par la petite porte qui ouvre sur l'impasse...* »

Pas vrai! Pas comme un voleur!

Et Loursat faillit, tant il était parfois loin du prétoire, prendre une cigarette dans sa poche et l'allumer.

« — *A mes questions sur ses relations avec M*ˡˡᵉ *Loursat, il répondra avec cynisme :*

« — *Je n'ai pas de détails à donner sur ma vie privée...* »

« *Mais il ne niera pas avoir profité de l'intimité créée par ce drame pour s'introduire fréquemment dans la chambre de la jeune fille...* »

On avait prévenu Loursat :

« — *Vous rendrez la tâche de la justice plus*

ingrate qu'elle n'est déjà... Vous allez sûrement provoquer le scandale!... »

Et, en effet, tout le monde le regardait, et lui les regardait, avec ses gros yeux, une moue satisfaite dans sa barbe.

— A la moindre manifestation, je fais évacuer! gronda le président, alors qu'un murmure s'élevait dans la salle, murmure fait de curiosité et surtout de bousculade.

Et Ducup, qui avait chaud à la tête, froid aux mains, de poursuivre :

« — Douze jours plus tard, le drame éclatait. C'est donc à établir ce que furent ces douze jours pour les hôtes habituels de la maison que l'enquête devait se... »

Pour Loursat, c'était simple! Son poêle! Son bourgogne! Les bouquins qu'il sortait au hasard des rayons, dont il lisait trois pages ou cinquante, les verres qu'il remplissait et cette bonne chaude atmosphère qui semblait émaner de lui et qui finissait par former avec lui, dans la pièce, un tout compact, jusqu'au moment où il se couchait...

« — Sur la question des relations entre l'accusé et Mlle Loursat il est inutile de... »

Mais si! Mais si! Ils étaient amants! Dès le troisième jour, pour préciser! Et ensuite tous les jours! Émile avec fougue, avec fièvre, avec orgueil, avec une sorte de désespoir. Nicole vraisemblablement subjuguée par une telle frénésie.

Ils s'aimaient. Ils auraient été capables de

mettre le feu à la ville si celle-ci s'était dressée contre leur amour.

Et tous les autres, ceux qui leur avaient permis sans le savoir de se rencontrer enfin : les Edmond, les Daillat, les Destrivaux, les Luska et le fils du conseiller Grouin n'étaient plus que de vagues comparses, des figurants qui les gênaient.

Plus encore que Gros Louis, lequel avait du moins l'avantage de constituer une sorte d'alibi, une excuse, une raison d'être là...

Cela avait commencé si fort, sur un diapason si aigu, à cause du drame, de l'auto, du sang, de tout, qu'ils avaient atteint tout de suite au paroxysme.

Et c'était Ducup qui, de son museau pâle, coupait tout ça en tranches minces devant le tribunal !

Avec Rogissart devant lui, un peu sur la gauche, au siège du ministère public, Loursat invisible mais encore plus gênant sur la droite et en face de l'immense tirelire du président Niquet qui faisait tout ce qu'il pouvait et prenait même des notes.

« — *J'en arrive à la nuit tragique et...* »

Loursat avait vraiment soif. Il se leva à moitié, fit un geste d'écolier pris d'un petit besoin et grommela :

— Je pense qu'une suspension...

Cela s'acheva dans un bruit de pas, de chaises et de bancs.

III

L'après-midi, chacun retrouvait déjà sa place avec satisfaction. On se regardait. On échangeait des signes polis ou malicieux, et le président Niquet était assez fier d'avoir fait poser, en un temps record, un monumental poêle, dont le tuyau passait par la fenêtre. Le poêle fumait un peu, mais on pouvait croire que c'était parce qu'il venait d'être allumé.

Chacun, en somme, était confortablement installé dans l'affaire.

— Si la défense n'y voit pas d'inconvénient, nous entendrons d'abord le témoin Destrivaux, car il doit rejoindre son corps au plus tôt...

Il se faufila, en demandant pardon à tous ceux qu'il dérangeait; il y avait du monde partout, et des avocats debout dans les moindres coins.

Le président était vraiment content, et sa bouche s'élargissait plus monstrueusement que jamais. Il contemplait les jurés, ses assesseurs, le ministère public à la façon de quelqu'un qui retrouve de bons amis, et il semblait leur dire :

— Avouez que cela ne va pas trop mal! Surtout depuis que ce poêle ronfle...

Tout haut, paternel, à Destrivaux :

— N'ayez pas peur d'avancer...

Dans le pantalon de drap kaki, on aurait mis trois paires de fesses comme celles de l'employé de banque; et le ceinturon, trop haut, ramenait, par des plis profonds, la tunique à de justes proportions, donnant au jeune homme l'air d'un diabolo.

— Tournez-vous vers messieurs les Jurés... Vous n'êtes ni parent, ni au service de l'accusé?... Jurez de dire la vérité, toute la vérité... Levez la main droite...

Loursat ne put s'empêcher de sourire. Ce qu'il regardait, c'était Émile Manu, qui ne se sentait pas observé et qui était sidéré par la vue de son ancien camarade. Au même moment, un remous se produisit dans le fond de la salle. C'était Destrivaux, le père, qui portait la main à son visage, laissait éclater un sanglot et, dans son attitude théâtrale, exprimait sa honte et sa douleur, se précipitait vers la sortie sans pouvoir en supporter davantage.

La foule se referma, le président compulsa son dossier.

— Voyons... Vous étiez un des camarades d'Émile Manu... Vous faisiez partie du groupe la nuit de l'accident?

— Oui, monsieur le Président...

Il n'y avait pas besoin de lui apprendre comment on répondait! Ni de lui dire qu'un témoin doit garder une attitude simple et modeste!

— Voyons!... (C'était le mot de M. Niquet

pour enchaîner.) Avant cette mémorable soirée, connaissiez-vous l'accusé?

— De vue, monsieur le Président.

— Ah! de vue seulement! Parce que, je crois, vous habitez la même rue? Mais vous n'étiez pas amis, ni camarades?

On aurait pu croire que le président faisait une découverte sensationnelle, tant il avait de joie à poursuivre :

— Puisque vous travailliez tous les deux en ville, n'arrivait-il pas que vous quittiez votre domicile à la même heure?

— J'étais à vélo, monsieur le Président...

— Voilà! Vous étiez à vélo!... Mais aucune raison morale ou autre ne vous empêchait de fréquenter Émile Manu?

— Non... Je ne vois pas...

— Quelle impression vous a produit l'accusé quand il vous a été présenté au *Boxing Bar*?

— Aucune impression, monsieur le Président.

— Vous a-t-il paru timide?

— Non, monsieur le Président.

— Vous n'avez rien remarqué de spécial en lui?

— Il ne savait pas jouer aux cartes...

— Et vous le lui avez appris? Quel jeu lui avez-vous appris?

— L'écarté. C'est Edmond qui lui a donné une leçon et qui lui a gagné cinquante francs...

— Votre ami Edmond avait beaucoup de chance?

Et l'autre, candide, aussitôt dérouté par les réactions de la salle :

— Il trichait.

Ce fut le premier rire de l'après-midi et, dès lors, tout le monde fut de mieux en mieux disposé.

— Ah! Il trichait! Il avait l'habitude de tricher?

— Il trichait toujours. Il ne s'en cachait pas...

— Et malgré cela on jouait avec lui?

— Pour essayer de deviner son truc.

Rogissart et l'assesseur de gauche échangeaient de petits signes, car l'assesseur était célèbre à Moulins pour ses tours de cartes. Et le président tentait en vain de capter un peu de cet entretien muet qui lui passait par-dessus la tête.

— Je suppose que vous avez beaucoup bu, ce soir-là?

— Comme les autres fois.

— C'est-à-dire? Quelle quantité environ?

— Cinq ou six verres...

— De quoi?

— De cognac mélangé de pernod...

Nouveau rire se propageant en vague croissante jusqu'au fond de la salle. Il n'y avait qu'Émile à être sérieux, à écouter, le menton sur les mains, l'œil fixé sur son camarade.

— Qui a proposé d'aller à l'*Auberge aux Noyés*?

— Je ne sais plus...

Mais Émile Manu avait bougé, ce qui signifiait clairement :

« Menteur! »

— Est-ce l'accusé qui, de lui-même, a parlé de... mettons d'emprunter une voiture?...

Voyons!... Comment vous y preniez-vous les autres soirs?

— Daillat nous emmenait dans la camionnette de son père... Ce soir-là, elle était allée à Nevers pour charger des porcs...

— Si bien que Manu a trouvé bon de monter dans la première voiture venue?...

— Peut-être qu'on l'y a poussé...

— Qui, *on?*

— Un peu tout le monde...

Il aurait bien voulu être tout à fait honnête. Il faisait un effort. Il sentait qu'il était lâche, qu'il aurait dû déclarer :

« — *On se moquait du nouveau. On l'a fait boire. On l'a défié de chiper une auto...* »

— Bref, l'accusé vous a piloté jusqu'à l'auberge. Là, que s'est-il passé?

— On a bu du vin blanc... Il n'y avait plus que ça et de la bière dans la maison... On a dansé...

— Manu a dansé aussi? Avec qui?

— Avec Nicole...

— Si je ne me trompe, il y avait deux jeunes filles dans cette étrange auberge : Éva et Clara. Qu'est-ce que vous leur faisiez?

Le mot était audacieux, et le président en fut assez fier, encore qu'effrayé.

— On les chahutait...

— Rien d'autre?

— Moi pas, en tout cas.

— Et vos camarades?

— Je ne sais pas... Je n'ai jamais vu personne monter.

209

Encore des rires, des sourires; Émile et Destrivaux, seuls, ne trouvaient rien d'extraordinaire à ce qui se disait. C'était leur langage, et ils évoquaient des choses familières.

— Je ne vous demanderai pas le récit de l'accident que M. le Juge d'instruction nous a fait magistralement ce matin. Je suppose que vous étiez allé souvent chez Mlle Loursat?

— Souvent, oui!

— Boire et danser? Vous ne craigniez pas de voir surgir un jour le père de cette jeune fille?

Le plus curieux, c'est que c'est Émile que Destrivaux regarda comme pour demander :

« — Qu'est-ce qu'il faut répondre? »

Et le président poursuivait :

— Passons! La présence de Gros Louis dans la maison a-t-elle apporté des changements dans les habitudes de votre groupe?

— On avait peur.

— Ah! Vous aviez peur! Peur, sans doute, de voir Gros Louis déclencher un scandale?

— Non... Oui... On avait peur de lui.

Loursat poussa un profond soupir. Pauvre idiot de président! Il n'y était donc pas? Il ne se souvenait pas de ses frayeurs d'enfant? Les gamins jouaient aux gangsters, et voilà qu'il y en avait un vrai au milieu d'eux, une grosse brute tatouée qui avait fait de la prison, qui avait peut-être commis des crimes!...

Gros Louis en profitait, sacré tonnerre! Il leur en racontait dix fois plus qu'il n'en avait fait! Et les autres, tout farauds, se vantaient à lui de leurs menus larcins!

— Réfléchissez bien avant de répondre, car ceci est grave : a-t-il été parfois question entre vous de vous débarrasser de Gros Louis d'une façon ou d'une autre?... Je vous demande si, au cours de vos réunions, soit dans la maison, soit au *Boxing Bar,* soit ailleurs...

— Oui, monsieur le Président.

— Qui en a parlé?

— Je ne me souviens plus... On a prétendu qu'il continuerait à nous faire chanter, qu'il avait trouvé le filon, qu'il n'avait qu'à nous réclamer éternellement de l'argent...

— Et on a parlé de le tuer?

— Oui, monsieur le Président.

— La chose a été envisagée froidement?

Mais non, pas froidement! Loursat s'agitait sur son banc. Tout cela était inutile, puisque personne ne voulait comprendre le langage des gamins! Ils auraient même discuté des moindres détails du crime que cela n'aurait encore aucune importance! Ils créaient des drames pour s'amuser, voilà tout!

— Maître Loursat... Vous avez une question à poser au témoin?

Car on avait remarqué qu'il s'agitait!

— Oui, monsieur le Président... Je voudrais que vous demandiez qui, en dehors de Manu, était amoureux de Nicole...

— Vous avez entendu la question? Ne vous troublez pas, je vous en prie... Je sais que la situation est un peu anormale, mais vous ne devez voir ici que le défenseur de l'accusé... Répondez...

211

— Je ne sais pas...

— Vous permettez, monsieur le Président? Avant l'arrivée de Manu, qui était le compagnon habituel de Nicole?

— Edmond Dossin...

— Il se faisait passer pour son amant et ne l'était pas, n'est-il pas vrai? Cela faisait, en somme, partie du jeu!... Mais quelqu'un d'autre était-il amoureux, je veux dire vraiment amoureux de Nicole?

— Je crois que Luska...

— Vous a-t-il fait des confidences?

— Non! Il ne parlait pas beaucoup...

— Est-ce l'accident et le fait qu'il y avait un blessé dans la maison qui a dispersé la bande?

Destrivaux se tut, et Loursat poursuivit :

— N'est-ce pas plutôt le fait que Nicole avait désormais un véritable amant?

On se poussa un peu, dans le fond, pour voir. Destrivaux, ne sachant que dire, baissait la tête.

— C'est tout, monsieur le Président.

— Plus de questions? Monsieur l'Avocat général?

— Pas de question!

— Personne ne voit d'inconvénient à ce que le témoin rejoigne sa garnison?... Je vous remercie.

On savait d'avance qu'il faudrait y arriver, bien sûr, mais le président n'en était pas moins en proie à un petit frémissement désagréable.

— Faites entrer Mlle Nicole Loursat... Je vous demande pardon, Maître...

Et, au lieu de se faire petit, il avait au contraire l'air de se gonfler!

— Vous jurez de dire la vérité, toute la vérité. Levez la main droite, dites : je le jure... Vous avez déclaré à la police, puis à l'instruction que, le soir du 7 octobre, l'accusé se trouvait dans votre chambre...

— Oui, monsieur le Président...

Elle avait regardé gentiment, simplement, avec une parfaite assurance.

— Êtes-vous montés tous les deux auprès du blessé?

— Non, monsieur le Président. J'y étais allée vers neuf heures, et je lui avais porté son dîner.

— La visite de Manu n'avait donc pas pour objet des soins à donner à Gros Louis?

— Non, monsieur le Président...

— Je n'insiste pas... Vous n'attendiez, ce soir-là, aucun de vos camarades?

— Aucun! Il y avait déjà plusieurs jours qu'ils ne venaient pas...

— En savez-vous la raison?

— Parce qu'ils savaient que nous préférions rester seuls.

On observait Loursat encore davantage qu'elle, et Loursat avait envie de leur sourire.

— A quelle heure Émile vous a-t-il quittée?

— Vers minuit... Je voulais qu'il se couche tôt, car il paraissait fatigué...

— Vous appelez ça : se coucher tôt?

— Les autres soirs, il ne partait que vers deux ou trois heures...

Rogissart jouait avec son porte-mine — qu'il fixait d'un œil passionnément intéressé.

— Avez-vous parlé de Gros Louis?

— Je ne m'en souviens pas, mais je ne le crois pas.

— Lorsque Manu vous a quittée, à la porte de votre chambre, il était censé s'en aller immédiatement. Cependant quelques instants plus tard, votre père le voyait descendre du second étage. C'est exact?

— C'est certainement exact.

— Vous expliquez-vous ce que Manu faisait au second étage?

— Il vous l'a dit. Il a entendu du bruit et il est monté.

Le magistrat s'entretint à voix basse avec ses assesseurs. Tous trois haussèrent les épaules. Un coup d'œil vers Rogissart, qui secoua la tête, puis vers Loursat...

— Je vous remercie... Vous pouvez disposer...

Alors, elle esquissa un petit salut et, le plus naturellement du monde, vint s'asseoir près de son père pour reprendre ses fonctions de secrétaire. Le président toussa. Rogissart faillit casser son porte-mine. On bougea encore, dans le fond, sans qu'on pût savoir au juste pourquoi.

— Introduisez le témoin suivant... Edmond Dossin... Vous jurez de... vérité... vérité... main droite... vers MM... Jurés... Je vois ici un certificat médical attestant que vous relevez d'une grave maladie et que votre état réclame des ménagements...

Il était pâle en effet, d'une pâleur de femme. Il le savait. Il en jouait. Il ne se gênait pas pour regarder Manu en face.

— Que savez-vous de cette affaire? Tournez-vous vers MM. les Jurés. Parlez plus fort...

— On devait rendre tous les objets, comme à Aix...

— Vous voulez dire qu'à Aix-les-Bains, où vous jouiez au même jeu, mettons aux gangsters, vous restituiez les objets dérobés?

— On les déposait chaque matin devant la source, et la police les retrouvait... A Moulins, on avait décidé de constituer d'abord un butin impressionnant... C'est surtout parce qu'on disposait d'un étage entier...

— Dans la maison de votre oncle, c'est bien cela? Quelle a été vis-à-vis de vous l'attitude de l'accusé?

— Il prenait tout au sérieux... Dès le premier jour, j'ai annoncé aux autres qu'il nous attirerait des ennuis...

Loursat ne paraissait pas écouter. A certains moments, on eût pu croire qu'il dormait, les bras croisés sur la poitrine, la tête penchée en avant, et un assesseur poussa le président du coude.

— L'accusé vous a-t-il paru effrayé par le tour que prenaient les événements?

— Il était affolé... Surtout par les demandes d'argent de Gros Louis...

— Vous saviez qu'il volerait cet argent?

Pas de réponse. Nicole, pendant ce temps, compulsait le dossier, tendait un feuillet à son père.

— Une question, monsieur le Président. Voulez-vous avoir l'obligeance de demander au témoin s'il a eu des relations avec la fille Pigasse.

que la police n'est pas encore parvenue à retrouver?

— Vous avez entendu la question? Répondez...

— Oui..., c'est-à-dire...

— Plusieurs fois? insista Loursat.

— Une seule...

Le poêle fumait toujours. Les aiguilles avançaient lentement sur le cadran jaunâtre d'une horloge placée derrière le tribunal.

Et toujours, comme un ronron, les mêmes formules, les mêmes syllabes qui finissaient par n'avoir plus de sens, par n'être qu'un refrain :

— ... tournez-vous vers MM. les Jurés... Pas de question, Maître?

Loursat sursautait, car il pensait à autre chose. Il pensait, à cet instant précis, que son neveu Edmond ne ferait pas de vieux os, qu'il n'avait sans doute que deux ou trois ans à vivre!

Pourquoi? Une impression! Maintenant, il le regardait avec ses gros yeux flous, ceux-là qu'il avait quand il pénétrait au cœur des choses.

Question? Question? Mais non! Cela n'aboutirait à rien. Il y en avait plein un dossier jaune, des questions et des réponses! De toutes les sortes, y compris sur l'emploi du temps d'Edmond le soir du 7 octobre.

Il était resté au *Boxing Bar* jusqu'à minuit environ. Il était rentré chez lui, et Destrivaux l'avait accompagné jusqu'à sa porte.

C'était peut-être vrai, peut-être faux, on n'était pas parvenu à l'établir.

Si Edmond avait tué Gros Louis...

Il en était capable! Destrivaux aussi! Ils en étaient tous capables, sans motifs précis, parce que c'était l'aboutissement logique du jeu!

Même Émile!...

Pourquoi Loursat n'avait-il jamais cru que c'était Émile qui avait tiré? Il le voyait en face de lui, à nouveau tendu, laissant peser sur le fils Dossin un regard haineux!

Il devait l'avoir haï dès le premier jour, parce qu'il était riche, parce qu'il était le chef de la petite bande, parce qu'il prenait vis-à-vis de Nicole des airs de propriétaire, parce qu'il appartenait à une famille importante, parce que tout!

Et Dossin l'avait haï aussi... Pour toutes les raisons contraires...

Seulement, ce n'était pas par le truchement de questions et de réponses qu'on fait comprendre ces choses-là à des jurés fades, ni au tribunal.

— Lorsque vous avez appris l'assassinat de Gros Louis, avez-vous pensé tout de suite à Émile Manu?

— Je ne sais pas...

— Avez-vous pensé à un autre de vos camarades?

— Je ne sais pas... Non... Je ne crois pas...

Après le défilé des jeunes gens, on irait plus vite. Mais le président tenait à faire son métier en conscience.

— Tout à l'heure, votre camarade Destrivaux a manifesté sa honte, son regret de s'être laissé entraîner dans des voies aussi dangereuses. Est-ce que, de votre côté...

Et Edmond laissa tomber :

— Je regrette...

Pas comme Destrivaux qui, lui, avait préparé son petit discours et l'avait récité avec componction :

« — *Je regrette tout ce que j'ai fait et d'avoir été la honte de ma famille, qui ne m'a donné que de bons exemples. Je demande pardon du mal que j'ai pu faire, et je... je...* »

Encore une heure d'audience à la lueur des gros globes jaunâtres qui éclairaient le prétoire, laissant des coins d'ombre comme à l'église, faisant jaillir certains visages du clair-obscur.

Angèle, dans la salle des témoins, racontait d'une voix criarde des histoires ordurières sur la maison Loursat, tant sur le père que sur la fille et sur la Naine, laquelle était là aussi, renfrognée dans son coin.

Quand on sortit du Palais, avec un piétinement de grand-messe, il y avait un dépaysement à retrouver l'air du dehors, les lumières des rues, les pavés gelés, les bruits familiers, les autos, les passants qui poursuivaient leur vie de tous les jours.

Jo le Boxeur avait emboîté le pas à Loursat.

— Je me demande où elle a pu aller! J'ai cherché partout. Je ne serais pas étonné qu'elle n'ait même pas quitté la ville... Qu'est-ce que vous en pensez, vous? Jusqu'à maintenant, ce n'est pas trop mauvais?

La Naine, en rentrant, courait les boutiques pour acheter de quoi faire un repas froid, et la maison sentait le vide, sonnait le creux.

On ne savait que faire, ni où se mettre. On n'était plus dans l'affaire et on n'était pas dans la vie.

Nicole mangea. Plusieurs fois, Loursat surprit un regard qu'elle lui lançait et, s'il savait ce qu'elle pensait, il souhaitait qu'elle n'en parlât pas.

Car il y avait longtemps qu'il lui arrivait de regarder son père de la sorte, avec curiosité, avec aussi un autre sentiment plus timide, pas tout à fait de la reconnaissance, pas encore de l'affection, un mélange qui pouvait s'appeler de la sympathie et peut-être de l'admiration?

— Qu'est-ce que vous faites, ce soir? demanda-t-elle en se levant de table.

— Rien... Je vais me coucher...

Ce n'était pas vrai. Elle en fut un peu inquiète. Il le savait aussi, et pourquoi. Mais il ne pouvait décemment pas lui promettre de ne pas boire!

D'ailleurs, il avait besoin de boire, tout seul, de fermer la porte, de fumer des cigarettes, de secouer la grille du poêle, de s'asseoir, de se lever, de grogner, de mettre sa barbe et ses cheveux en désordre.

Il l'entendit bien qui venait à trois reprises jusqu'à sa porte pour écouter, pour se rassurer.

Lui, tournait en rond... Il y en avait un, un de ces gamins, qui était entré dans la chambre de Gros Louis et qui avait tiré...

Et celui-là savait qu'il était un assassin et qu'Émile était innocent! Il le savait depuis des mois! Il avait été interrogé comme les autres, il avait répondu, il s'était couché chaque soir, il avait dormi, s'était réveillé le matin face à face avec une nouvelle journée à vivre!

Certains soirs, dans l'espoir de s'arracher à sa solitude lancinante, il avait rôdé dans les rues, s'était approché d'une autre ombre, celle d'Adèle Pigasse, et l'avait suivie dans une chambre puante pour faire l'amour.

Chaque fois, il avait été sur le point de lui dire...

Il avait résisté. Il était revenu. Il avait résisté encore et, en fin de compte, il avait cédé.

Sur quel ton? En se vantant? En ricanant? En jouant les cyniques? Ou, au contraire, en avouant sa panique?

Quant à lui, Loursat, il n'était pas même capable de...

Il les avait regardés dans le blanc des yeux, pourtant : Destrivaux qui voulait si ardemment faire plaisir à tout le monde, et Dossin tout heureux d'échapper à ses responsabilités parce qu'il était malade!

Celui-là semblait dire :

« Vous voyez que je suis fragile, que je n'en ai pas pour longtemps à vivre... Je me suis amusé... Cela a si peu d'importance!... »

Le lendemain matin, on entendrait le charcutier, puis Luska, dont le père, depuis ces événements, fondait comme de la cire.

Des cloches sonnaient aux églises. Adèle et

Gène étaient quelque part, cachés, avisés sûrement qu'on les recherchait.

Dix fois Loursat se leva, alla ouvrir le placard, se versa quelques gouttes de rhum, toujours un peu plus, et enfin il se coucha avec la sensation lancinante qu'il n'y avait plus qu'un léger effort à faire et que cet effort était cependant impossible.

Les Rogissart étaient contents! Les deux audiences s'étaient bien passées. On avait suffisamment glissé sur certains sujets. L'ours ne s'était pas trop mal conduit et Nicole avait été d'une discrétion relative. Des coups de téléphone avaient été échangés. Dossin voulait savoir s'il n'y avait pas d'incident en perspective pour le lendemain. Marthe, dans la chambre de son fils, veillait Edmond qui faisait un peu de température. Luska s'était enfermé à clef dans sa chambre, une chambre qui n'était pas une vraie chambre, mais une sorte de hangar dans la cour.

Quant à Mme Manu, elle priait, seule dans sa maison, elle priait, puis elle pleurait, puis elle allait s'assurer que la porte était bien fermée, car elle avait peur, puis enfin elle pleurait encore un peu en s'endormant et en murmurant des syllabes à mi-voix comme pour bercer sa peine.

A huit heures, dans les rues, ce fut à nouveau le cortège, des hommes, des femmes, des groupes convergeant vers le Palais et des gens qui se reconnaissaient déjà, ne se saluaient pas encore mais commençaient à échanger de vagues sourires.

Émile portait le même complet, la même

cravate. Peut-être à cause de sa fatigue, il avait l'air plus sournois que la veille.

Quant à Jo, Loursat ne le vit pas dans la salle des témoins où, cependant, il eût dû se trouver, car son tour viendrait ce matin-là.

— Messieurs, la Cour !...

« — ...témoin suivant... dire la vérité...oute... vérité... sieurs... Jurés... »

C'était Daillat, en brun, des taches de rousseur plein la figure, les cheveux coupés court comme à la caserne. Il ne prenait pas les choses au tragique, et il devait avoir des amis dans la salle car il se retourna avec un clin d'œil.

— Vous êtes charcutier au service de votre père, et à l'instruction vous avez avoué qu'à plusieurs reprises il vous est arrivé de prendre des jambons dans la réserve...

Et lui, faraud :

— Si je ne l'avais pas dit moi-même, on ne s'en serait jamais aperçu !

— Vous avez également pris de l'argent dans le tiroir-caisse...

— Si vous croyez que les autres se gênent !...

— Pardon ! Je ne comprends pas bien...

— Je veux dire que tout le monde puise dans la caisse... Mon père, mon oncle...

— Il me semble que votre père...

— Les comptes ne sont jamais justes, et tous les soirs ma mère crie... Alors un peu plus ou un peu moins !...

— Vous avez fait la connaissance de l'accusé au *Boxing Bar* le soir de l'accident et...

Loursat tressaillit. Quelqu'un, dans le prétoire,

arrivé au troisième rang et incapable de passer plus avant à cause des avocats en robe qui bouchaient le passage, lui adressait des signes peu discrets.

Loursat ne le connaissait pas. L'homme, assez jeune, semblait appartenir au milieu de Jo le Boxeur.

L'avocat se leva, se dirigea vers lui.

— C'est urgent! lui souffla l'autre en lui tendant, par-dessus les épaules, une enveloppe froissée.

Et tandis que continuait l'interrogatoire du charcutier, Loursat, revenu à sa place, lut sans broncher, en dépit du regard anxieux dont le couvait de loin Rogissart :

« *Je les ai retrouvés. Ce ne serait pas chic de les mettre dans le bain, car il y a des choses que je ne savais pas, et Gène serait également coincé. J'ai obtenu qu'Adèle me dise ce qu'il en est. Il s'agit de Luska. C'est lui qui a refroidi le frère. Vous trouverez bien le moyen de le poisser sans parler de la môme.*

« *Je suis dans la salle des témoins. Mais pas un mot de ça! Vous m'avez promis d'être régulier.* »

Le président penchait la tête pour apercevoir le visage de Loursat. Et le malheureux, avec son vaste menton et sa bouche en coup de sabre, avait toujours l'air de rire!

— Je vous ai demandé, Maître, si...

— Pardon. Pas de question, non!

— Monsieur l'Avocat général?

— Pas de question! Il serait peut-être prudent

pour accélérer les débats et ne pas abuser de la patience de messieurs les Jurés...

— ... moin suivant...

Un autre regard, à travers le prétoire, celui d'un Émile Manu complètement abruti.

— Éphraïm Luska, dit Justin... Vous jurez de... toute vérité... dites je le jure... ournez-vous... essieurs les... urés... Vous avez fait la connaissance de l'accusé... Pardon! Je vois par le dossier que vous le connaissiez de longue date, puisque vous avez été à l'école avec lui...

Le poêle fumait. Le neuvième juré en recevait les émanations dans les yeux et était obligé d'agiter son mouchoir.

Loursat, les coudes sur la table, le visage dans les mains, les yeux clos, restait immobile.

IV

Ses voisins, au fond du prétoire, ne le connaissaient pas. Peut-être sentaient-ils confusément
qu'il appartenait à cette race d'hommes qu'on
voit couchés dans les couloirs des trains de nuit,
dans les gares, qu'on retrouve dans les commis-
sariats attendant avec patience au bout des
bancs ou essayant désespérément de s'expliquer
en un langage impossible; de ceux qu'on fait
descendre aux frontières, que les autorités mal-
mènent et qui, peut-être à cause de cela, ont de
beaux yeux émouvants de biche.

Après tout, n'était-ce pas prosaïquement parce
que sa veste de velours à côtes sentait mauvais
qu'on s'écartait de lui? Il ne semblait pas s'en
apercevoir. Il regardait droit devant lui, illuminé
ou stupide, poussé tantôt à gauche, tantôt à
droite. Son visage s'ornait des longues moustaches tombantes des Bulgares qu'on voyait
avant-guerre sur les images, et on se le figurait
sans effort avec un costume national quelconque, avec tout au moins des boutons de
métal à sa veste, comme les roumis, de ces

boutons qui contiennent des pièces d'or, et des bottes d'un modèle spécial, des boucles aux oreilles, un fouet à la main...

Il est vrai que le pauvre président Niquet, avec sa tête fendue en deux par la bouche, ressemblait bien aux poupées cyniques et criardes des ventriloques!

Qu'est-ce qu'il disait, le président? Loursat entendait. Certaines phrases s'enregistraient dans sa mémoire sans qu'il en eût conscience.

Il regardait l'homme que la foule coinçait contre le mur, derrière les rangs d'avocats et qui devait se tenir en équilibre sur la pointe des pieds.

« — *...né à Batoum le...* »

C'était dans les dossiers! La fiche Luska. Luska père était né à Batoum, là-bas au pied des monts Caucase, où vingt-huit races se bousculent dans une même ville. Est-ce que ses aïeux portaient une robe de soie, un fez, un turban? Toujours est-il qu'un jour il était parti, comme sans doute son père était parti de quelque part avant lui. Quand il eut dix ans, la famille était à Constantinople et, deux ans après, rue Saint-Paul, à Paris!

C'était brun, huileux, presque flasque. Et le produit, l'aboutissement de toute cette fermentation, le Luska jeune qui se débattait à la barre, était roux, avec une tignasse crépue en forme d'auréole!

« — *J'ai fait la connaissance d'Edmond Dossin un soir que je jouais au billard à la brasserie de la République...* »

Preuve que le président s'était demandé, lui aussi, par quel truchement l'humble Luska, vendeur-aboyeur sur le trottoir du Prisunic, s'était glissé dans l'entourage élégant de Dossin. Les grands seigneurs ont besoin de courtisans. Dossin était grand seigneur à sa manière, et le rouquin oriental devait flatter tous ses instincts, rire quand il le fallait, approuver, glisser, sourire, se plier à ses caprices.

— Il y a combien de cela?

— C'était l'hiver dernier...

— N'ayez pas peur de vous tourner vers les Jurés... Parlez plus fort...

— C'était l'hiver dernier...

Loursat fronça les sourcils. Il y avait peut-être cinq minutes qu'il regardait le père au fond de la salle, qu'il pensait à lui, qu'il essayait de sentir tous les...

Avec les yeux de quelqu'un qui s'éveille en sursaut, il se pencha vers Nicole et lui dit quelques mots à voix basse. Pendant qu'elle feuilletait des dossiers, il examina le jeune Luska, presque étonné de le voir encore à la barre, cherchant, tel un retardataire à la messe, à deviner où on en était.

— Mais oui! dit Nicole. C'est vous qui l'avez fait citer...

Il se leva. Peu importait de couper une phrase.

— Je vous demande pardon, monsieur le Président... Je constate qu'il y a dans la salle un témoin qui n'a pas encore été entendu...

Tout le monde regarda la salle, évidemment.

Le public se retourna, scrutant ses propres rangs. Et l'extraordinaire, c'était l'air doucement ahuri de Luska le père qui regardait avec les autres, feignant de croire qu'il n'était pas question de lui.

— De qui s'agit-il, maître Loursat?

— D'Éphraïm Luska... qui devrait être dans la salle des témoins...

Le fils, pendant ce temps, restait en panne à la barre et se grattait le nez.

— Éphraïm Luska!... Qui vous a introduit dans cette salle?... Comment se fait-il que vous ne soyez pas avec les témoins... Par où êtes-vous entré?

Et l'homme aux grands yeux doux de montrer vaguement une porte par laquelle il n'était certainement pas passé. Il était une fois de plus victime de la fatalité! Il ne comprenait pas pourquoi il était là, ni comment, et il se faufilait entre les rangs en murmurant des mots pour lui seul en retournant vers la salle où il aurait dû rester.

— Revenons-en à nos moutons...

M. Niquet avait dit cela sans le vouloir, sans regarder le fils Luska, et il était étonné d'entendre rire la salle; il comprenait en avisant enfin la toison frisée de son témoin.

— Pas de questions à poser, monsieur l'Avocat général?

— Je voudrais seulement demander au témoin, qui connaît l'accusé depuis l'école, s'il le considérait comme un caractère franc et enjoué ou plutôt comme un garçon ombrageux...

Au début, Émile Manu, se sentant observé, n'osait pas être naturel. Maintenant, il oubliait la salle qui l'entourait, et on le voyait parfois faire des grimaces involontaires. A l'instant même, il avançait un peu la tête pour mieux voir Luska, et son expression de physionomie redevenait celle d'un gamin qui en défie un autre.

Luska, lui aussi, se tourna vers lui, et son regard était encore plus noir que celui de son ancien condisciple.

— Plutôt ombrageux, finit-il par articuler.

Émile ricana! Pour un peu, il eût pris le tribunal à témoin, tant cela lui paraissait scandaleux, inouï, que Luska osât prétendre qu'il était ombrageux! Il refréna à peine un mouvement pour se lever, pour protester à voix haute.

— ... Vous voulez dire, je suppose, qu'il était envieux... Ne vous pressez pas de répondre... Manu était de condition modeste, comme vous... A l'école, beaucoup de vos camarades étaient moins partagés sous le rapport de la fortune... En pareil cas, il se forme souvent des clans... Des jalousies naissent, qui se transforment en haines...

On entendit la voix de Manu qui commençait :

— Qu'est-ce que tu...

Mais le président lui cria :

— Silence! Laissez parler le témoin...

Pour la première fois, Manu enrageait et allait jusqu'à prendre la salle à témoin de l'énormité de ce qui se passait. Incapable de se résigner, il continuait à grommeler des syllabes; et le président répéta :

— Silence!... Le témoin seul a la parole...

— Oui, monsieur le Président...

— Quoi, oui? Cela signifie-t-il que, selon le mot de monsieur l'Avocat général, votre camarade Manu était envieux?

— Oui...

Et Rogissart de reprendre :

— D'après vos précédentes déclarations que l'accusé, d'ailleurs, confirme, c'est lui qui vous a demandé de le présenter à vos amis... Faites appel à vos souvenirs... Est-ce que, dès le premier soir, c'est-à-dire le soir de l'accident, l'attitude de Manu vis-à-vis d'Edmond Dossin, entre autres, n'a pas été provocante?

— On sentait qu'il ne l'aimait pas!

— Bien! *On sentait qu'il ne l'aimait pas!* A-t-il manifesté d'une façon plus nette son antipathie?

— Il l'a accusé de tricher...

Par instants, on pouvait croire qu'Émile allait sauter par-dessus la balustrade de son box, tant il était tendu.

— Qu'est-ce que Dossin a répondu?

— Que c'était vrai, qu'il était le plus malin et que Manu n'avait qu'à devenir assez fort pour tricher à son tour...

— Pendant les jours qui suivirent, avez-vous vu souvent Manu? Vous travailliez dans la même rue, n'est-il pas vrai?

— Les deux ou trois premiers jours...

— Quoi?

— Il m'a parlé... Puis, dès que ça a marché avec Nicole...

Malgré le pantalon sans pli, on voyait nettement ses genoux trembler à force de fébrilité.

— Continuez... Nous cherchons la vérité...

— Il ne s'est plus occupé de nous, pas plus de moi que des autres...

— Bref, il avait atteint son but! trancha Rogissart en se redressant, satisfait. Je vous remercie. Plus de question, monsieur le Président...

Lentement, Loursat se leva.

*

Dès les premiers mots, les hostilités s'ouvrirent.

— Le témoin peut-il nous dire combien son père lui donnait d'argent de poche?

Et tandis que Luska se tournait vivement vers l'avocat, dérouté par sa question, Rogissart fit un mouvement dans la direction du président.

Alors Loursat de mettre les choses au point :

— Monsieur l'Avocat général a demandé au témoin, non des renseignements précis, objectifs, mais des opinions toutes personnelles. Il me permettra d'éclairer à mon tour la personnalité d'Éphraïm Luska, dit Justin...

Il avait à peine fini que Luska ripostait :

— On n'avait pas à me donner de l'argent. J'en gagnais!

— Fort bien... Peut-on savoir combien vous gagniez au Prisunic?

— Environ quatre cent cinquante francs par mois...

— Que vous gardez pour vous?

— Sur lesquels je remets trois cents francs à mes parents pour ma nourriture et mon blanchissage...

— Depuis combien de temps travaillez-vous de la sorte?

— Deux ans...

— Vous avez des économies?

Il lui lançait méchamment ses questions au visage; et Rogissart s'agita de nouveau, se pencha pour se faire entendre du président sans élever la voix.

— Plus de deux mille francs...

Loursat parut très satisfait, se tourna vers les jurés :

— Le témoin, Éphraïm Luska, a plus de deux mille francs d'économies, et il n'a pas dix-neuf ans. Voilà deux ans qu'il travaille.

Et, à nouveau hargneux :

— Deviez-vous vous habiller avec vos cent cinquante francs?

— Oui.

— Donc, vous parveniez à vous habiller et à mettre néanmoins environ cent francs de côté... Ce qui revient à dire qu'il ne vous restait pas cinquante francs pour vos menus frais... Vous savez tricher au poker, vous aussi?

Luska avait un peu perdu pied. Il était incapable de détacher son regard de cette masse mouvante, de ce visage velu d'où sortaient des questions en boulet de canon.

— Non...

— Vous ne trichiez pas au poker! Voliez-vous de l'argent dans le tiroir-caisse de vos parents?

Même Émile qui était sidéré! Rogissart exprimait par une mimique appropriée combien cet interrogatoire lui semblait superflu sinon scandaleux et faisait signe au président d'intervenir.

— Je n'ai jamais volé mes parents...

Le président frappa son bureau avec un coupe-papier; mais Loursat n'entendit pas.

— Vous êtes sorti combien de fois avec Dossin et ses amis? Vous l'ignorez! Voyons... Cherchez... Approximativement?... Trente fois?... Plus que cela?... Quarante?... Entre trente et quarante?... Et vous buviez comme les autres, je suppose? C'est-à-dire plus de quatre verres par soirée...

La voix du président s'éleva en même temps que la sienne; et Loursat se tourna enfin de son côté, instantanément calmé.

— Monsieur l'Avocat général me fait remarquer que les questions ne peuvent être posées au témoin que par le canal du président. Je vous prie donc, maître Loursat, de bien vouloir...

— Entendu, monsieur le Président... Voulez-vous donc avoir l'extrême obligeance de demander au témoin qui payait pour lui?

Et le président, très ennuyé, de répéter :

— Veuillez dire à MM. les Jurés qui payait pour vous?

— Je ne sais pas...

Son regard chargé de rancœur ne quittait toujours pas Loursat.

— Voulez-vous lui demander, monsieur le Président, si son camarade Manu payait sa part?

Ah! Rogissart avait voulu que les formes fussent observées! Tant pis! Force était au président de répéter comiquement toutes les phrases.

— ...vous demande si Manu payait sa part...

— Avec l'argent qu'il volait, oui!

Dix minutes auparavant, la salle était calme, presque morne. Et voilà que tout le monde flairait la bataille, qu'elle se jouait déjà, sans qu'on sût comment. Car personne ne comprenait ce qui se passait. On contemplait avec quelque stupeur l'avocat, qui s'était dressé comme un diable et qui enflait la voix pour poser en tonnerre des questions insignifiantes.

Les traits d'Émile s'étaient aiguisés. Peut-être, lui, commençait-il à comprendre?

Cependant que Luska, sous sa tignasse d'archange, se sentait soudain seul au milieu de cette foule.

— J'aimerais savoir, monsieur le Président, si le témoin a eu des bonnes amies ou des maîtresses...

La question devenait encore plus saugrenue dans l'immense bouche du président.

Et la réponse hargneuse :

— Non!

— Était-ce par timidité, par manque de goût ou n'était-ce pas plutôt par esprit d'économie?

— Monsieur le Président, protesta Rogissart, je pense que ces questions...

— Vous préférez que je les pose autrement.

monsieur l'Avocat général? Je vais donc mettre les points sur les *i*... Est-ce que, avant l'introduction d'Émile Manu dans la bande, Éphraïm Luska n'était pas amoureux de Nicole?

Un silence. On vit nettement le jeune homme avaler sa salive.

— Un témoin nous a dit hier que oui... Et vous constaterez tout à l'heure que cette question a son importance... Ce que je tiens à établir dès maintenant, c'est que Luska était un chaste, un renfermé et un avare... Il n'avait pas eu d'aventures, assez pareil en cela à son ami Dossin qui, voilà quelques semaines seulement, est allé demander à une professionnelle de l'initier à...

Rumeur de protestations. Mais Loursat faisait front, tenait tête. Le président frappait en vain le bureau de son coupe-papier.

— Répondez-moi, Luska!... Quand, quelques jours après la mort de Gros Louis, vous avez accosté la fille Adèle Pigasse au coin de la rue des Potiers, n'était-ce pas la première fois que vous aviez des rapports avec une femme?·

Il ne bougea pas. Il était devenu pâle, et ses yeux restaient grands ouverts, sans un battement de cils.

— La fille Pigasse, qui fréquentait le *Boxing Bar* et qui exerçait sa profession dans les petites rues du quartier des Halles, a été régulièrement citée, et j'espère qu'elle viendra tout à l'heure à la barre...

— Plus de questions? tenta le président.

— Encore quelques-unes, monsieur le Président. Voulez-vous demander au témoin pourquoi soudain, en l'espace de quelques jours, il a éprouvé le besoin de coucher plusieurs fois avec cette fille?

— Vous avez entendu la question?

— Je ne sais pas de qui on parle...

Émile, lui, n'était plus ni assis, ni debout. Il se tenait des deux mains à la balustrade, tellement penché en avant que ses fesses ne touchaient plus le banc et qu'un des gendarmes le retenait par le bras.

— Voulez-vous demander à l'accusé...

Il se reprit; déjà Rogissart protestait.

— Pardon!... Voulez-vous, monsieur le Président, avoir l'extrême obligeance de demander au témoin ce qu'il a déclaré à cette fille, certaine nuit, sur l'oreiller?

Il fallait le tenir, seconde par seconde, au bout du regard. Un instant de répit, et il était capable de se reprendre. On sentait en lui comme des hauts et des bas, un flux et un reflux, des moments où il se raidissait, dur et farouche, et d'autres où il cherchait un appui autour de lui.

— Je n'ai pas entendu la réponse, monsieur le Président...

— Parlez plus fort, Luska...

Cette fois, ce fut Émile que Luska regarda, Émile qui respirait avec force, qui se penchait, qui semblait prêt à sauter l'obstacle.

— Je n'ai rien à dire... Tout cela est faux...

— Monsieur le Président..., intervint encore Rogissart.

— Monsieur le Président, je sollicite la permis-

sion de poursuivre en paix mon contre-interroga-
toire... Voulez-vous demander au témoin s'il n'est
pas vrai que, le soir du 7 octobre, lorsque Manu
est arrivé dans le corridor du second étage, attiré
par le coup de feu, il n'a eu que le temps, lui,
Luska, d'entrer dans le grenier, où il est resté
plusieurs heures, bloqué involontairement par le
parquet et par la police?

Les deux poings de Manu s'étaient serrés et
devaient lui faire mal. Au milieu de la salle, où
personne ne bougeait, Éphraïm Luska, dit Justin, était le plus immobile de tous, immobile
comme de la matière inerte.

On attendait. On respectait son silence. Loursat lui-même, debout, le geste en suspens, semblait vouloir l'hypnotiser.

Enfin, une voix qui venait de loin articula :

— Je n'étais pas dans la maison.

On entendit le soupir de toute la salle, et ce
n'était pas un soupir de soulagement. Il y avait
de l'ironie, de l'impatience dans l'air. On attendait, tourné vers Loursat.

— Le témoin peut-il nous affirmer sous
serment que, ce soir-là, il était chez lui, dans son
lit? Veut-il se tourner vers Émile Manu et lui
dire...

— Silence! hurla le président exaspéré.

Personne n'avait parlé. Des pieds, seulement,
tout au fond de la salle avaient remué.

— Puisque vous n'osez pas regarder Manu en
face...

Alors il le fit. Il se tourna tout d'une pièce,

leva la tête. Émile n'y put tenir, se dressa d'une détente, cria, les traits convulsés :

— Assassin !... Lâche !... Lâche !...

Ses lèvres tremblaient. On croyait qu'il allait pleurer, piquer une crise de nerfs.

— Lâche !... Lâche !...

Et on vit le frisson, on eut l'impression d'entendre le claquement des dents de l'autre, toujours tout seul dans un trop grand espace vide.

De combien fut l'attente? Quelques secondes? Quelques fractions de seconde?

Puis enfin le geste qu'on n'attendait pas, Luska qui se jetait par terre, de tout son long, la tête dans les bras et qui pleurait, pleurait...

Au milieu du visage du président, cette bouche démesurée, grotesque de pantin, pouvant laisser croire qu'il riait.

Loursat, lentement, se rassit, chercha un mouchoir dans la poche de sa robe, s'essuya le front, les yeux, soupira pour sa fille livide :

— Je n'en peux plus !

Ce fut laid : le président qui se couvrait après avoir demandé avis à ses assesseurs, et ces robes rouges et noires qui fuyaient, les jurés qui s'éloignaient à regret, attirés par ce corps toujours étendu sur le sol entre deux avocats et une avocate trop blonde.

Émile, qu'on emmenait, ne savait pas pourquoi, se retournait, lui aussi, bouleversé, inquiet.

Loursat restait là, à sa place, épais, renfrogné, malade de toute cette haine qu'il venait de ramener à la surface en remuant le fond, des

haines qui n'étaient même pas des haines
d'hommes, mais des haines de jeunes gens, plus
aiguës, plus douloureuses, plus féroces, à base
d'humiliations et d'envies, de quelques francs
d'argent de poche et de souliers troués!

— Vous croyez qu'on ordonnera un supplé-
ment d'instruction?

Il leva ses gros yeux vers le confrère qui l'inter-
rogeait. Est-ce que ça le regardait? On s'agitait,
dans la coulisse. On appelait à la rescousse des
vieux magistrats. Ducup s'affairait, en proie à
l'inquiétude.

Il n'y avait que la foule, qui craignait de
perdre sa place, à ne pas bouger, à contempler le
prétoire vide où on ne voyait que Loursat assis à
côté de sa fille.

— Vous devriez venir prendre l'air un instant,
père?

Elle avait tort! Tant pis! Il avait soif, terriblement soif. Et peu lui importait qu'on le vît
entrer, en robe dans le petit bistrot au beaujolais.

— C'est vrai que Luska a avoué? lui demandait le mastroquet en le servant.

Mais oui! Et désormais tout coulerait comme
de source, tous les aveux, tous les détails, y
compris ceux qu'on ne lui demanderait pas,
qu'on préférerait ne pas entendre!

Est-ce qu'ils n'avaient pas compris, les autres,
que quand il s'était jeté par terre, c'était dans un
mouvement de lassitude, dans un élan vers la
paix? Et que s'il pleurait, c'était de soulagement?

Enfin, il échappait au tête-à-tête avec lui-
même, avec toutes les sales vérités qu'il était seul

à connaître et qui allaient devenir autre chose, un drame, un vrai, comme les gens imaginent les drames.

Fini de cette oppression malsaine, de cette humiliation de chaque instant et fini surtout de la peur!

Savait-il encore pourquoi il avait tué? Cela n'avait plus d'importance! On dirait les choses autrement. On traduirait en langage décent.

On parlerait par exemple de jalousie... Amour contrarié... Haine contre le rival qui venait lui prendre Nicole, à qui lui-même n'avait jamais osé parler de son amour...

Cela deviendrait vrai! Presque beau!

Tandis que, jusque-là, quand il était seul à mâcher ses souvenirs, ce n'était qu'une douloureuse envie de gamin pauvre, une envie d'Éphraïm, de Luska, pas même une envie contre le riche, contre un Dossin qu'il se résignait à servir, mais contre un autre comme lui, un qu'il avait amené, un qui vendait des livres en face et qui lui marchait dessus sans avoir l'air de le remarquer...

— La même chose! soupira Loursat.

Quelle heure était-il? Il n'en savait rien. Il fut frappé de voir un enterrement passer dans la rue. Sur les trottoirs, il y avait des gens du tribunal, quelques avocats en robe... Derrière le corbillard aussi, des gens en uniforme, les autres en noir... Et les deux camps se regardaient curieusement, comme les servants de cérémonies différentes.

Les palabres, dans la coulisse, n'en finissaient pas, et on avait recours au téléphone. Des robes rouges galopaient dans les couloirs. Des portes claquaient. Les gendarmes haussaient les épaules quand on leur posait des questions.

Loursat, des gouttes de vin violet dans les poils, réclamait un autre verre. Quelqu'un lui touchait le bras.

— Le président vous appelle, père...

Elle sentit qu'il hésitait à y aller, mit une prière dans ses yeux.

— Un instant...

Il vida son troisième verre, chercha de la monnaie dans ses poches.

— Vous payerez tout à l'heure, monsieur Loursat... On est de revue, n'est-ce pas?

V

Pauvre Naine! Elle y mettait tant de bonne volonté que son laid visage en devenait presque engageant!

— Monsieur devrait quand même venir à table... Monsieur doit manger quelque chose...

Elle ne parvenait pas à être triste, malgré les deux bouteilles qu'elle voyait sur le bureau, les bouts de cigarettes qui jonchaient le plancher, l'atmosphère concentrée du cabinet de travail qui rappelait les mauvais jours.

Loursat la regardait, glauque et falot.

— Oui... Non... Dites-leur que je suis fatigué, Fine...

— M. Émile et sa mère voudraient tant vous remercier...

— Oui... Évidemment!...

— Je leur annonce que vous venez?

— Non... Dites-leur... Dites que je les verrai un de ces jours...

Nicole, qui s'y attendait, comprit tout de suite en voyant reparaître la Naine dans la salle à manger. Elle s'efforça de sourire pour annoncer à Mme Manu :

— Je vous demande de ne pas faire attention... Mon père a beaucoup travaillé ces temps-ci... Ce n'est pas un homme comme les autres...

Émile crut devoir déclarer :

— Il m'a sauvé la vie !

Puis, plus simplement :

— C'est un chic type !

Mme Manu s'inquiétait de se tenir bien à table, elle se tenait trop bien, trop raide, trop solennelle.

— Vous êtes gentille de nous avoir amenés ici pour dîner... J'ai beau être heureuse comme je ne l'ai jamais été, il me semble que, dans notre petite maison, tous les deux, Émile et moi, cette soirée aurait été triste...

Elle avait envie de pleurer, sans raison.

— Si vous saviez tout ce que j'ai souffert !... Quand je pense que mon fils...

— Puisque c'est fini, maman !

Il portait encore son complet bleu, sa cravate à petits pois. La Naine rôdait autour d'eux, le servait avec abondance, avec l'air de dire :

— Mangez ! Après tout ce que vous avez souffert en prison...

Et parfois Nicole tendait l'oreille. Manu s'en aperçut et en fut presque jaloux. Il sentait qu'elle n'était pas à la conversation, qu'elle pensait à autre chose, à quelqu'un qui n'était pas là.

— Qu'est-ce que vous avez Nicole ?

— Je n'ai rien, Émile...

Elle en était à se demander si, avant, ils se

tutoyaient ou se vouvoyaient. Il lui semblait qu'il y avait aujourd'hui quelque chose d'anormal.

— Vous lui avez annoncé que je partais pour Paris?

— Oui...

— Qu'est-ce qu'il en pense?

— Que c'est très bien...

— Il vous permettra de me rejoindre et de nous marier dès que j'aurai une situation?

Pourquoi parlait-il autant, et de choses si précises? Elle écoutait. On n'entendait rien, que la bise dans la cheminée et la fourchette que Mme Manu maniait du bout des doigts, comme elle mangeait du bout des dents, par distinction.

— Je me demande comment il a fait pour tout découvrir et surtout pour le faire avouer...

On mangeait du veau. Il était trop cuit. La Naine s'en était excusée, mais elle devait tout faire car elle avait mis la bonne à la porte parce qu'elle parlait mal de Mademoiselle.

— Vous permettez un instant?

Nicole s'était levée, sortait furtivement, s'arrêtait dans l'obscurité du couloir, entendait la porte du cabinet de travail qui se refermait, le pas hésitant de son père. Elle s'éloignait un peu pour s'enfoncer dans un coin plus sombre, et il passait tout près d'elle, comme il était arrivé tant de fois jadis, sans soupçonner sa présence.

Ne la soupçonnait-il vraiment pas? Pourquoi, dans ce cas, y avait-il un temps d'arrêt, une hésitation? Il respirait fort. Il avait toujours respiré ainsi, sans doute à cause du vin. Il descendait l'escalier, prenait son chapeau et son pardessus, tâtonnait pour tirer les verrous.

Nicole ne bougea pas, resta encore là un certain temps. Puis elle voulut sourire, puisqu'elle était heureuse, et elle fit son entrée dans la salle à manger.

— Servez le fromage, Fine.

Lui longeait les trottoirs dont il avait presque la largeur, et il ne savait pas où il allait. Cela lui était venu au moment où il rechargeait le poêle. Il s'était arrêté. Il avait regardé autour de lui et il s'était senti comme étranger au décor qui avait été si longtemps le sien. Les livres, les centaines, les milliers de livres, et l'air lourd, le calme si absolu qu'on s'entendait vivre...

Il marchait en reniflant, en faisant semblant d'ignorer son but. Il ricanait même en pensant aux deux Ficelles, Rogissart et sa femme, qui devaient être bien embêtés, à son beau-frère Dossin et à sa sœur qui, c'était sûr, avait fait appeler le Dr Matray.

Il traversa la rue d'Allier, où on jouait au billard dans une brasserie. On ne voyait pas les joueurs, à cause des vitres dépolies, mais on entendait le heurt des billes, on pouvait presque deviner les coups.

C'est en jouant au billard qu'Éphraïm Luska...

Et la boutique était là, étroite, dans l'aile d'une vieille maison, avec des volets à l'ancienne mode, qu'il fallait venir accrocher du trottoir.

De la lumière filtrait. La boutique était obscure, mais la porte de communication avec la cuisine, laquelle servait de salle à manger et de chambre aux époux Luska, était ouverte, et c'est de là que venait le halo.

D'une maison d'en face un jeune homme sortait, tout heureux d'aller au cinéma.

Loursat ne pouvait pas regarder par la serrure, ni frapper, dire au marchand à moustaches de Bulgare :

— Si vous le permettiez, je me chargerais bien de...

Non! Assez! On ne comprendrait plus! On le prendrait pour un fou! On ne défend pas un homme qu'on a lourdement écrasé! Un homme? Pas même! De la graine d'homme! De la graine de drame...

Il frôla un sergent de ville qui tiqua et qui haussa les épaules en le voyant entrer au *Boxing Bar*.

Qu'est-ce que l'agent supposait qu'il y venait chercher?

— Je pensais bien que vous viendriez, mais je ne vous attendais pas aujourd'hui... Pour le billet que je vous ai fait tenir, il faut que je vous explique... Il paraît que Gène a commis une vilaine bêtise, voilà deux mois, à Angoulême et que, s'il était pris... Dites donc! J'aurais voulu être là quand vous avez attaqué le jeune Luska... On prétend que vous étiez terrible... Qu'est-ce que je vous offre?... Si! C'est ma tournée... Et j'en offrirai une — et de champagne — à M. Émile quand il viendra me voir... il a du cran, ce môme-là...

C'était peut-être d'avoir trop longtemps vécu

seul Loursat s'habituait mal. Pour se mettre dans l'ambiance, il buvait.

Puis il se disait qu'il serait mieux ailleurs, l'*Auberge des Noyés,* par exemple : et tous les chauffeurs le connurent, qu'il arrêtait la nuit pour s'y faire conduire.

Il n'y était pas mieux. Il lui arriva même de penser, en passant devant la maison illuminée des Dossin, un soir de réception :

— Si j'entrais en annonçant que je viens faire un bridge avec les autres?

Mais il préférait encore aller boire un verre de mauvais alcool avec la vieille de l'impasse, celle chez qui la Gourde avait sa chambre et chez qui Adèle Pigasse avait fini par revenir, quand Gène eut jugé bon de passer la frontière.

Tout ça, c'étaient des gens qui ne parlaient pas beaucoup. On vidait son verre. On regardait devant soi. Les mots étaient d'autant plus lourds qu'ils étaient rares et que ceux qui les prononçaient savaient à peu près tout ce qu'on pouvait savoir.

Adèle, depuis le départ de Gène, lequel avait envoyé une carte postale de Bruxelles, se faisait des réussites. Jo, dont le bar ne marchait pas fort, parlait de racheter une baraque foraine.

Les rues, le soir, surtout les étroites, étaient comme des souterrains dans la ville, et on avait l'impression de se faufiler sous la vie des autres, dont on croyait entendre le ronflement.

Le plus ennuyeux, c'est que la Naine voulait accompagner Mademoiselle à Paris quand elle se marierait.

Alors, il lui faudrait se battre avec des espèces d'Angèle ou avec des vieilles servantes de curé !

Un juge d'instruction, qui n'était pas Ducup et qui venait d'être nommé, affirmait volontiers :

— Loursat ? C'est certainement l'homme qui connaît le mieux la ville et ses dessous...

Puis, comme on le regardait sévèrement :

— Dommage qu'une si belle intelligence...

Et on percevait vaguement, en fin de phrase, le mot :

— ... boisson...

Comme quand la poupée de ventriloque récitait en cour d'assises :

« — ... *jure ainsi ...aide ...ieu ...evez la main ournez-...ous vers ...sieurs les ...urés...* »

Luska eut dix ans. Sa mère mourut, et son père continua à vendre des billes dans une boutique qui sentait de plus en plus fort.

Une carte postale qui représentait le Vésuve en éruption, cinq couleurs, glacée, portait au recto :

« *Bons baisers de Naples* »
« *Nicole* »   « *Émile* »

Et Edmond Dossin était dans un sana de luxe. Destrivaux nommé maréchal des logis chef, Ducup à Versailles, Rogissart à Lourdes pour trois jours, comme brancardier volontaire. Dossin le père dans quelque lupanar chic avec des filles,

Daillat le fils marié à la fille d'un marchand de phosphates.

Adèle et la Gourde sur leur trottoir.

Et Loursat, tout seul, encore digne, dans un bistrot, devant un verre de vin rouge.

DU MÊME AUTEUR

Impression Bussière à Saint-Amand (Cher),
le 1er octobre 1992.
Dépôt légal : octobre 1992.
1er dépôt légal dans la collection : mai 1975.
Numéro d'imprimeur : 2745.
ISBN 2-07-036664-2./Imprimé en France.